ハートへの哲学

The Philosophy to Your Heart

天音優希 Amane Yuuki

ナチュラルスピリット

あるとき、ふと気がついた。
〈自分〉と〈世界〉の垣根なんて、本当はなかったのだということに。

そして圧倒された。
すべてを紡ぐ〈一なる愛〉の奔流に。

そうして〈理解〉が降ってきた。
そこに描かれていたのは、世界の途方もない尊さと、耐えがたいほどの美しさだった。

ハートへの哲学　目次

序章 ✤ 閉塞感の底にあるもの

前章 ✤ 自分と再び手をつなぐために

後章 ✤ 新しいあり方へ

序章　閉塞感の底にあるもの

ゼロ距離にある絆

君は、毎日どんなことを思って、どんなことを感じて過ごしている？

気の合う仲間たちと笑いながら、とても楽しく生活しているという人もいれば。周囲の喧騒から離れて、ひとり我が道を歩んでいる人もいるかもしれない。それこそ状況は千差万別、人それぞれだろうけれど、でもなんとか自分なりの〝何か〟を掴もうとして、日々を送っていることだけは、誰しも変わらない事実だと思う。

それぞれがそれぞれの環境の中で、日常をより満たされたものにするべく頑張っている。そこで向き合うテーマは人によりまったく異なるけれど、そんな中、誰にも共通して、決して無視できないテーマがあることに君は気づいているかい？

有名人であろうが世と交わらず孤高に生きている人であろうが、すべての人が絶対に逃れることのできない課題、それもおよそ生きる上でもっとも重要ともいえる問題がある。

それは、「自分」だ。

一人ひとり、十人十色。個性は人によりまったく違う。でも、それぞれが同じく「自分」を生きていることには、なんの違いもないよね。どんな考えをするにも、行動を起こすにも、すべての起点にして基点となるのは「自分」だ。その自分を蔑ろにしていては、何をしたって空虚なものになってしまうのは明白なことではないかな。

日常の中で覆い被さってくる問題を一気にクリアにする方法はある。それは逃げることだ。その気になれば可能だよね。他人や環境から遠く離れることはできるのだから。

でも、自分に対してはそうはいかない。どんなに速く、どんなに遠くへ逃げたとしても、自分から逃げることはできないからだ。たとえ、命を絶ったとしてもね（これは巷でよく言われる魂とかスピリチュアルな意味ではないよ。そうではなくて、「君」という存在は、文字通りなくすことは不可能だということ。後々取り上げるけど、君って本当は奇跡のように神秘的な存在なんだ）。

だからこの本では、君に「君自身」を取り戻してもらうことを、第一の目的としている。君に、君という存在の〝尊厳〟を思い出してほしいんだ。つまり、何ものにも冒せない、君自身の尊さってものをね。

君は一生、「自分」自身とつき合うことになる。誰よりも、どんなものよりも近く、親密に。だったら、何よりもすべきことは、その「自分」との絆をいかに深めていくかではないかな。

君はどれだけ自分自身を大切にしている？　君の人生においてすべての中心となる「君自身」、そこを見失っていたら、行く先の人生も迷子になってしまうのは明らかだ。君の価値は、誰かの評価によって揺らぐようなものではないし、何かの出来事によって失われてしまうものでもない。その変わらない自分自身の尊厳に気づいたとき、それは常に移ろう人生を根底から支える一番の力となる。

それを掴むための大きなきっかけとして、この本を参考にしてくれたらうれしいと思う。

人生が満たされない理由

君にとってのすべての原点となる君自身を大切にする、という話だったね。君という存在の尊厳、つまり決して変わることのない価値を取り戻すには、どうすればいいのだろう。それがこれからのテーマとなる。でもその前に、現状把握という意味で、ちょっと世の中を見てみよう。

今日では、僕たちが身を置く社会や日常において、一人ひとりの価値というものがあまりにもおざなりにされている面が多くある。たとえば、ひと昔前まで受験戦争という言葉があったけれど、特定科目の学習ばかりを幼い頃から強いられ、その競争結果による偏差値で人としての出来具合がランクづけされ、その後の人生まで決定されてしまう状況だってそうだ。それが人を育てる「教育」としてまかり通っていて、そこでは個性の違い、人それぞれの歩みの違いなんてまったく顧みられない。そんな現状に苦しんできた、あるいは現在苦しい思いをしている人はたくさんいると思う。

最近、それを変えていこうという動きが生まれてきてはいるけれど、何もこれは学生の時分に限った話ではない。社会全体に目を向けてみると、そこは相変わらず以前のままだ。課せられた仕事の出来不出来、その結果によって、自己の価値を断定されてしまう。たまたまよい結果を出せた人には相応の手当てがもらえるけれど、そうでない人は逆に減給。下手をすると解雇されて、生きていくことさえ困難になる――。こういうことをいうと、学歴不要論者だとか、賃金平等を説く社会主義者のように思われるかもしれない。けれど、そういう話じゃないんだ。問題は、もっと根深いところにある。

ちょっと目を向けてみると、社会のあり方だけの問題ではなく、個人の人生においてもそれは如実に現れているのが分かる。多くの富や名声を手に入れることにやっきになって、仮に手にしたとしても、もっと多くを手にしようとして、さらなる争いの中に身を投じざるを得なくなる。また、すでに得たものが奪われないよう常に気を張っていなければならなくなって、結局は安心を得ることができない。

そして、一人でいることを凄く不安に感じて、たとえば恋人がいない人は現状をとても不満に思うようになる。仮に相手ができたとしても、今度は以前ほど自分を大事にしてくれなくなった、浮気をされるんじゃないかといった、新たな悩みに苛まれることになる……。

一つの悩みを解決しても、また次が出てきてしまう。問題の〝中身〟がすり替わっていっているだけで、結局は根本的な解決に至っていない。どうして、このような狭く息苦しい生に、僕たちは閉じ込められてしまうのだろうか。結局、一人ひとりが自己の尊厳を忘れ去ってしまっているのが原因ではあるんだけど……。

そうなると、どうして問題なんだろう。

生き苦しさの根底にあるもの

それは、「欠乏」が出発点となるからなんだ。自分という存在の尊さを忘れると、自分自身に安らいだり、満たされていることができなくなる。代わりにその価値を他の何かで補おうとして、際限のない角逐の中に自らを投げ入れてしまわざるをえなくなるんだ。

でもそういうあり方では、結局は満たされることができない。勝者になれなかった人はもちろん、最終的な競争を勝ち抜いた一握りの勝者の人たちでさえ、ね。

なぜかというと、その根っこには自己に対する不信があるからだ。そういう状態では、何かを得たところで、いや得ようとすれば得ようとするほど、自分自身に不安や欠乏を感じていることの裏返しにすぎないわけだから、結局は満たされることができない。

何かを手に入れられたから自分に価値があるということは、裏を返せば、それがなければ自分自身には価値がないと言っているのと同じことだからだ。しかし実際には、その何かがあろうとなかろうと、自分が同じ自分であることには何の変わりもないよね。その変わらない自分自身にこそ満たされない限りは、いつまでもこの終わりなき欠乏ゲームから抜け出すことはできないんだ。

分かったかな？　つまり君が君自身に、「自分が自分としてあること」それ自体に拠って立つ価値を見出さない限り、君は一生かげろうのような幻を追い続けるはめになるということ。そうした空虚な次元を脱却していくことが「尊厳を取り戻す」ということなんだ。そしてそれは本当の意味での「自尊心」の獲得にもつながっていく。

一般には、自尊心って他の誰かとの比較によって得られるものとされることが多いね。でも残念ながらそれは自尊心とはいえない。他人からの評価や自分より劣った人間がいなければ自身の価値を打ち立てられないというなら、それは自己を尊ぶどころか、周囲の意向に隷属しているのと変わりないからね。

自分という存在が人生の起点であり基点であるという話はした。そこを蔑ろにしていたらすべては空虚になる、といったのは、こういう意味だったんだよ。何をしたところで、それをする自分自身がつまらないモノだったら、どんなものも（その人生さえも）つまらなくなってしまう、というわけさ。

だから、君はまず君自身の尊厳を回復させなければいけない。

いや、こういうと少し押しつけがましいかな。これも後でいうけど、君という存在は、本当はどこまでも自由な存在なんだ。だから別にそうしたくないなら、しなくてもいいんだよ。ただし、本当にしたくないなら、だけど……。

もし、もっと自分を好きになって、本当に自分自身にＹｅｓ！　と言える人生というものを生きたいのであれば……もう少しおつき合い頂けたらと思う。

前章

自分と再び手をつなぐために

人生に自分を取り戻すためには

さて、では、その自分自身の尊厳を取り戻すにはどうすればいいかって話だったね。率直にいうと、必要なものはたった二つしかない。その二つとは何か——。それは「考える」ことと「感じる」ことだ。

えっ、それだけ？　と君は思うかもね（笑）。うん、それだけなんだ。至ってシンプルなことなんだよ。どうして、自分が見失われているか。それは、自身で考えることを放棄してしまっているからだ。結果、周囲の意見や価値観に翻弄され、自分を見失い、人生まで支配されてしまうようになるわけだ。

そこから脱したいのなら、答えは一つ。自分自身で考え、物事の本質を見定めていくこと。それが人生に君という価値を取り戻すために、とても重要なことだといえる。

いや、考えることなんて、これまで散々強要されてきたからもういいよ。そのようにうんざりする人も多いかもしれないね。

先ほどもいったように、現代では受験競争で勝ち残るべく、小さい頃から考えることを強要される。だから頭を使うことに対して、辟易している人も少なくないと思うんだ。でも、ここで言っているのは、そんなツマラナイお勉強をしなさい、ということではない。むしろ考えることで、君自身を縛りつけている世の価値観の不合理性を見抜き、あらゆるくびきから自分自身を自由に解き放っていこう、ということなんだ。

ちょうどいいから、現在の教育のあり方について、ちょっと考えてみよう。どうして、本人の人生にさほど関係のない英単語や文法、歴史知識を完璧なまでに覚えさせられ、数学の問題を解き続けることばかりを強制されるんだろう。

そうして高い学歴を獲得しないと世の中では通用しないから、というのが大概の理屈だけれど、そもそもどうしてそうでないと通用しないような世の中になっているんだろうか。そこを問うことなしに、ただペーパーテストの問題だけ解ければいいというのは、それは考える力を養うどころか、むしろ生きることに対して思考停止状態に陥らせていることに他ならないんだ。

一人ひとり、個性も異なれば、歩む道も違う。当然、必要としている知識や経験だってまったく異なる。それを一律に統制して、競争させ、その結果で個々をランクづけすることなんて到底できないはずだよね。

だってみんな、それぞれ立っている土俵が違うんだから。学者の先生とスポーツ選手、どちらが凄いかなんて一概に決められないだろ？

ひまわりとたんぽぽを背比べさせたって、ひまわりが勝つのは当然のこと。それはどちらが優れているかの問題ではなくて、それぞれの存在にそれぞれの意味と役割があるってことなんだ。大きいからできることもある一方で、小さいからこそできることだってある。

大きいひまわりを見て心励まされる人もいれば、小さいたんぽぽを見て心和まされる人だっている。そこに優劣の違いなんてないんだよ。たんぽぽがひまわりの真似をしてばかりいたら、世界はどこにたんぽぽらしさを見出せばいいんだろう？

その可憐な花を見て、心救われる人だっているのだから。

世界に一つだけの価値を歩む

だからさっきも言ったように、学歴や偏差値が必要とか不要とか、そういう話をしているのではないんだ。そうではなくて、この場合、そもそも何が本当の「学歴」となるのかってこと。

みんな、幸せになるために生きている。だったら、自分が真に幸せに輝くために必要な知識を、生涯に渡って身につけていくこと。それが本当の意味での、その人にとっての学歴となるはずだ。その意味では、これまでの社会はさんざん学歴社会だといいながら、実はその学歴社会にすらなっていないんだよ。

特定教科の知識をいくら身につけ競争に勝ち抜いたところで、自身の中身は虚ろなまま一向に幸せになれないのなら、それはいったい何のための勉強なのだろう。そろそろ僕たちは、そこに気づく段階に来ているのではないかな。

学歴と同じく議論のやり玉に挙げられる偏差値だってそう。偏差値そのものは、ただの指標だからね。それ自体がよいわけでも悪いわけでもない。問題となるのは、その使われ方なんだ。

一人ひとり、個性も違うし歩む道もまったく異なる。立っている土俵が異なる以上、一様に比較してそこに優劣をつけることはできない。それは先ほど話した通りだ。つまり、各人の能力を測ること自体がいけないのではなくて、その比較対象の用い方、「測り方」が問題なのだということ。

もし、当人の成長度合いを測る基準があるとすれば、それは「その人自身」だけだ。だって、その人の歩みはその人だけのものなのだから。それがどれくらい進んでいるかなんて、他の人と比べたって分かるはずないだろう？

植物を見ても、それぞれが適切な時期に、それぞれの花を咲かせるね。夏に花を咲かせるひまわりが、春に桜が満開になっているのを見て焦って開花する、ということはない。誰に言われるでもなく、それぞれがもっともふさわしい時期に、自分だけの花を咲かせている。そこに他の誰かとの比較を持ち込むことなんて、実にナンセンスだ。

もちろん、自分以外の人と競い合うことだって大切だという意見もあるだろう。それはたしかにその通りだと思う。でもここで言っているのは、競い合うことがいけないということではなくて、それはその人の存在価値や可能性を決めつけるためのものではない、ということなんだ。繰り返すけれど、一人ひとり立っている土俵（歩む道）が厳密には異なる以上、単純にその出来具合を比較して序列づけるなんてできないことだからね。

たしかに一定のルールを設けて、そこで勝敗を競うことはできる。でも結果というのは時々の状況や流れに大きく左右されるものだし、ルールがどのように定められているかによっても、その風向きは大きく変わっていく。

将棋でいつも勝てない人がいても、その人の才能が他より劣っているとは必ずしもいえない。たとえば駒の中に、「金」「銀」以外にも「銅」という駒があって……その「銅」を使わせたら、無類の強さを発揮した人かもしれない。

順位にしても、順位そのものと本人の実力とは必ずしも関係がないよね。それは周りにいる人たち次第でどのようにでも変わってしまうものだ。本人の実力は同じでも、たまたまその場に手強い相手が参加していればよい順位を取ることはむずかしくなるだろうし、そうでなければ比較的簡単に取れてしまう。まして、その順位が人気など主観的な評価によって決まるものであれば、結果は人々の考え方次第だ。人々の見方が変われば、その評価もまた移り変わっていく。当時はそれほど評価されなかったものが、その後歴史的な偉業として脚光を浴びることだってよくあるようにね。

このように、勝敗や優劣というのは、限られた条件におけるある時点での結果であって、それを本人の価値のすべてとして決めつけることなんて、本当はできないことなんだよ。だから、勝ち負けを真剣に競うこともまた貴重な経験なのだけれど、そこにこだわりすぎるのも、最初に言ったような自己不信の裏返しにすぎないケースだったりすることがよくある。

もし競争することが求められるとすれば、それはその人自身の成長につなげることができる、という理由においてだ。よきライバルがいれば、切磋琢磨してお互いを磨き上げることができるからね。だからあくまで、本人自身の充実に関わる問題なんだよ。結局のところ、すべては自身の歩むべき道へ向けて、自らを高めるためのものであるということ。

ではどうやって、各自がその「歩むべき道」を選び取ればいい？　カンの鋭い人は、もう気づいたかな？　そう、ここで「感じる」ことが必要となってくるんだ。

奥に宿る息吹

「感じる」こと。ともすれば、考えることばかりが要求される現代においては、この「感じる」という、生きる上においてもっとも基本的で当たり前な力が、だいぶ疎かにされているようにも見える。

でもある意味、考えること以上に、この「感じる」力ってものは、僕たちの活動にとって重要な役割を果たしているようにも思うんだ。だって、考えることはコンピュータにもできるだろう?　できるどころか、僕たちよりも得意なくらいだ。でも、「感じる」ことは彼らにはむずかしいよね。

つまり、機械のような物質と、僕たち〝生命〟を持った存在とを分ける基本前提に、この「感じる」という能力の有無が挙げられるんだ。

生命、そう〝いのち〟だ。

実は、この本の一番のテーマである「自己の尊厳を取り戻す」ということ。すべての土台となる「自分が自分としてあることそれ自体に満たされる」ことだと言ったけれど、それってどういうことかというと、つまりはこのことなんだ。

君は生命の顕れとして、宇宙にたった一つの個性を伴って存在している。そのかけがえのなさ、比較しようのない尊さに、もっと心開くこと。君が君としてあることの素晴らしさを、もう一度思い出すこと。それが、君という存在の尊厳を、世界と人生に取り戻すことにつながるんだ。

生命とのつながりを思い出す

君は、たった一人だけで、世界から切り離されて存在しているわけではないよね。その背後に連綿と紡がれている、世界自然を司る大いなる叡智の働きによってかたち創られ、今、この世界に存在することができている。そのことを否定する人は誰もいないと思う。

万象万物を生み出す、宇宙の奥にある大いなる生命の息吹。それは死の相克としての生ではなく、その両極を超えてそれらすべてを紡ぎ上げる至高の力だ。そんな途方もない無窮の旋律によって綾なされ、今という二度とない時に、宇宙にただ一人の存在として生を受けている。そんなこの上なく尊い存在、それが君なんだよ。

そうしたかけがえのない君という存在の素晴らしさを思い出すこと。それが「自己の尊厳を取り戻す」ことに他ならないんだ。そのための「感じる」ことに焦点を当てたちょっとしたワークを用意しているんだけど、それは最後に改めてお伝えしたいと思う。ここでは先に、そんな唯一無二の価値を秘めた自己本来のあり方を取り戻すための話を続けていこう。

どうすれば、君という生命の尊厳に基づいた、本来の生を取り戻すことができるか。人生の舵取りを、自分が選択するべき方向を見つけ出すことができるか。それは結局、君の中に息づくところの大いなる生命の息吹、叡智の力に耳を傾ける、ということに尽きるんだ。

叡智に耳を傾ける?

何それ、どうすればいいの?

と、君は怪訝に思うかもしれない。でも、カンタンなことさ。ようは君自身の心に、ハートに寄り添いなさい、ってことなんだから。

うん。分かってる。そんなの、誰だって行っていることだよね。そうなんだ。そうしていない人なんて誰もいないし、子どもの時から、誰もが当然のようにそれを行っている。

動物や植物など、人間以外の生き物たちだって、だれもが内なる生命から湧き出る声なき声、うずきに従って生きている。大宇宙を司る生命の力にかたち創られ、生きている僕たちにとって、それは基本中の基本、ごく当たり前のことなんだ。

でも、いつからかそれを忘れてしまう。周りから押しつけられる様々な考えや価値観に押しつぶされて、どこまでが自分の本心で、どこからがそうでないのか、それさえも分からなくなってしまう。自分で自分のココロが分からなくなるんだ。自分で自分が分からなくなってしまったら、行く先の人生も迷子になって袋小路に嵌り込んでしまうのは明白なことだよね。

だから、この本で伝えるようなことが必要になってくるんだ。生きることの基本に立ち戻って、自分と世界を感じ、すべてをかたち創るところの生命のエッセンスとつながっていく。そして考えることで、あらゆる縛りつけから自由になって、自己本来の生を選べるような素地を再び手にすることが、ね。

ここまで分かったなら、君がすべきことは一つしかない。

思考（固定観念）のくびきから自身を解き放ち、ハートが彩る君だけの色彩を、人生という真っ白なキャンバスに思いっきり描いていくこと！

それ以外に人生でするべきことなんて……はたしてあるだろうか！

世界の閉塞感の奥にあるもの

自分だけの色彩を、人生というキャンバスに描いていく……。たしかにそれは素晴らしいことだけれど、とはいえ、なかなかそうもいかないのが現実だ、と君は思うかもしれない。

それもそうだよね。だって、今の世の中は、およそそうして生きていくのがとてもむずかしい状態になっているから。誰だって、自分の思い描くように、自由に生きていきたい。でも、社会はとてもそれを許してくれない……。

だけど、これまでの話を読んできた君なら分かってきたと思う。そのような世の中になってしまっている根本の原因ってやつが。一人ひとりの尊厳が軽視されているってことは……つまりは自己と内なる叡智、自分自身と生命とのつながりが希薄になっているってことに他ならないんだ。

自分という存在は、そして世界のすべては、背後に息づく大いなる自然界の叡智によってデザインされ、かたち創られている、それぞれがそれぞれに尊い存在だ。でもそのことを忘れ、その力から切り離されて独自に生きているのだと〝錯覚〟してしまうと、悲劇が起こる。周囲のすべては、未知なる脅威として感じられ、その中で自身の安全と身の保証を図るべく、不断の争いの中に自らを封じ込めざるをえなくなるんだ。

世界と本来ひとつながりであるはずの自己の雄大さは失われ、膨大な世界と比べてちっぽけで儚げな存在にすぎない自分を守るべく、不安と欠乏に染め上げられた生の檻に自らを閉じ込めてしまうこととなる。

そうなると、誰もが同じ生命の顕れとして生きているという基本的な事実を見失って、特定の価値観や規律で世界を縛りつけ、人々をコントロールしようとするようになる。それが社会秩序の形成や世の調和のためだ、っていうのが大きな建前なんだけれど、それは大きな矛盾を孕み、結局は機能不全が生じて、行き詰まりを見せることとなる。

どうして、行き詰まってしまうのか。だって、その根っこには生命に対する不信があるから。どんなに立派なことを言ったところで、根底に生命に対する、個々の存在に対する不信があるわけだから、結局は一人ひとりの存在を尊重し真に活かすことにはならず、そこからでき上がる社会もまた、不信の色濃い、殺伐としたものとなってしまうんだ。

これが今の社会が抱える問題の根本にあるものだといえる。もし本当に、一人ひとりの生を大切にする、誰にとっても生きやすい世の中というものを創り上げていきたいのだとしたら……この問題に気がついて、これまでの固定観念の檻から自由になっていくことが、これからの時代に求められることとなる。

最大の幻想

僕たちの奥に流れる生命とのつながりの希薄化、それに伴う世界への不信が今の息苦しい社会の原因となっているという話だったね。その結果、特定の思想や価値観で人々を縛りつけようとするわけだけれど、それは生命への不信に基づいているがゆえに、一人ひとりを真に活かすことにはならず、結局は上手く立ち行かなくなるっていう内容だった。

でも、現在のこうした社会のあり方は、これが当たり前のものとして認識されているがゆえに、その問題点に人々が気づきにくいものでもあるんだ。そうして知らず知らずの内に僕たちは、自分自身とその人生を狭く苦しい思考の檻の中に封じ込めてしまう。

けれども本当は、一人ひとりを真に自由に解き放つことは、世界にこの上ない価値と調和を実現していくことに結びつくんだ。それが見えてこないのは、分離意識の下、生への怖れと不信に根差した幻想の中に世の中全体が迷い込んでいるからだ。

その幻想性、「思い込み」の最たるものは何だと思う？　世の人々がはまり込み、結果、各々の生の可能性を極端に狭めてしまうもの――

それは「善悪」だ。

善いか悪いか、という判断。誰もが無意識の内に、ものごとに対してよいか悪いかの区別をつけて生活している。さもそれが生きる上で不可欠な義務であるかのようにね。

これが、本当にやっかいなんだよ。いやいや、それは必要不可欠なものだ。善悪の考えをなくしたら、社会は滅茶苦茶になってしまう。社会秩序を安定させ、平和を実現させるためにこそ、絶対的な正義の力が必要とされていると、大部分の人は思うだろうね。

ところが、そうではないんだ。それどころか、この善悪の考え方こそが平和な世界の実現を阻んでいると言ったら、君は驚くかい？

これからはちょっと、そんな話。面倒かもしれないけど、つきあってくれるかな。善悪というのは価値基準そのものだからだね。このくびきから解き放たれることが、人生に君自身を取り戻し、その本来の生を羽ばたかせることにつながるのだから。

光と影の向こう側へ

善悪という制限を超えていくことが、自分を、そして一人ひとりを尊重し、真に羽ばたかせることにつながる――どういうことだろう。ここでまずは、善悪に基づくおよそ最初の規則、両親からの言いつけを見てみよう。

誰もが人生の最初に、両親ないし養育する立場の人から、善悪について教わるね。善悪、というと大げさかもしれないけれど、ようは〝もののよし悪し〟についてだ。こうしたらいけない、こういう場合はこうしなさい、といった言いつけのこと。

もちろん、具体的な内容は各家庭によって違うだろう。でもそんな中、たとえば親子連れの多い公園とかで、どの地域においても昔から今まで変わらずに見かける光景がある。それは、泣いている子どもがいるとそれを嗜めようとするもの。

結果、子どもはぐずるのを止め、涙をこらえて前を向こうとするのだけど、一見して何の変哲もないこの場面に、すでに善悪という観念の芽が植えつけられていることに君は気づくだろうか。それは、悲しくて泣くのはいけないことで、楽しくて笑っていることがよいことだとする価値判断だ。

僕はこれまでに「意識の変容」をテーマとして、様々な人の相談に乗る機会があった。変容というのは本質的なレベルから変化させていくことで、その際には本書のように思考面から問題を解きほぐしていくことと、直接的に内面の感情と向き合いそれを昇華させていくこと、多くの場合その二つが必要となってくるのだけど。

すべてといっていい人たちの中に、未消化の感情が残っていて、それがその人の人生に無意識的な影を色濃く落としている事実に遭遇してきた。若者だけでなく年配の人であっても自身の感情との向き合い方にはまるで無頓着で、これまでの人生の中で知らぬ間に抑圧してきた感情のフタが押さえきれなくなり、心理面でも日常においても、なぜかよく分からない不調や不満に悩まされるようになってしまう。特定の知識を叩き込むことばかりを優先して、自身の感情とのつき合いかたさえ教えようとしない今の教育制度では仕方のないことではあるのだけど。

特に、ものごとを「善悪」に分けようとする思考に世の中全体が染め上げられていて、それが意識の根底的な枷となっていることに気がついている人はほとんどいなかった。

楽しいのも、悲しいのも、感情は同じ感情だ。そこによい悪いはなく、どちらも自然な働きとして、必要があって出てくる。そういう意味では、どちらも「よい」ものなんだ。たとえば身体的な感覚でいえば、痛みは不快なものだけれど、それはそこに不具合が生じていることを教えてくれているね。もしそれが分からなければ、さらに無茶を重ねることになって、後にもっと身体を壊してしまうことになる。そのことを伝えるための、大事なメッセージとなっているわけだ。

同じく感情だって、それがそのようにあるのには理由があって、喜ぶことも悲しむことも、どちらも等しく大切なものなんだ。笑うことは、幸せを広げてくれる。泣くことは、心の傷を洗い流してくれる。どちらか一方だけをのけものにしてしまったら、心のバランスを欠いて、君という存在が壊れてしまうのは明白なことだ。だって、どちらも同じ「君」なのだから。

「泣くのは早くやめなさい、笑っているあなたが好きよ」子育てにおいては、そういう言葉がよく聞かれる。一見して前向きで素敵な声かけのようだけれど、心が真っ白な子どものうちからずっとそう言われ続けてきたら、その子は「泣いている自分はダメなんだ」と思い込むようになって、自己の自然な一部を否定してしまうようになる。心の中では、本来解放されるはずの感情が閉じ込められてしまい、それが鬱積して膨れ上がり、いつしか心身の失調を招くことにもなってしまう。

「笑っているあなたが好き」ではなく、「泣いているあなたも、笑っているあなたも、どちらも素敵」と言ってあげられたとき。そのとき初めて、その子は自分の存在そのものの大切さを抱きしめてあげることができるんだ。

善悪という対立

これは子育てにおける一場面を取り上げたものではあるけれど、単に「子どものあやし方」の問題ではなくて、日常の、そして人生のあらゆる面に通じる内容であることは分かることと思う。

「親のいうことをよく聞く子はよい子で、そうでない子は悪い子だ」。こういう育て方をされてきた人が多いと思うけれど、いうことをよく聞いてもらいたいのは単に親側の都合であって、その人本来の素晴らしさとはまったく関係がないことだよね。

同様に、「勉強のできる子」さらには「仕事のできる人」かどうかさえも、その人の存在価値とは何の関係もないことなんだ。勉強や仕事ができようとできまいと、その人が世界でたった一人の、かけがえのないその人自身であることには何の変わりもないのだから。

さて、テーマは「善悪」についてだったね。

でもここまで読んでくれたなら、そこで問題となっていることの本質がおぼろげながらでも見えてきたのではないかと思う。それは、善悪による裁断によって、ものごとやその人自身の内にある本来の完全性が見失われてしまうというものだ。

そうなると、生本来の自然なありようがそこで分断され、結果、人生に深刻な歪みや苦悩を生じさせる要因となってしまう。もしそうした苦しみから脱却し、本来の完全性を世界と人生に取り戻したいのであれば、僕たちは自らを縛りつける意識の鎖から自分たち自身を解き放っていく必要がある。

では、どうすればいいのか。答えは簡単だ。ただ「気づく」だけでいい。善悪という価値基準の奥にある幻想性に。

世の中においては、特定の考えや価値観の元に善悪の判断基準が定められ、人々はそれに従うことを余儀なくされる。どうしてそうなるかというと、その先にこそ、調和された平和な社会や人生が築き上げられると信じられているからだ。でも本当は、こういう考え方自体が、そもそも平和の実現を阻んでいると言った。

なぜかって？

それを立証するのに、何十冊にも渡るむずかしい論議なんて必要ない。だって、理由はごく単純で明快なことだから。

高く光を掲げるとき、その向こうにはアンチテーゼとしての闇がある。声高らかに正義を唱えるとき、そこには打ち倒すべき悪がある。そのような対立に基づいた意識の上に平和を成し遂げることなんて、原理的に不可能なことなんだ。

なぜなら、平和とはそもそも対立がない状態をいうのだから。

平和が実現しない理由

分かるかな？　平和とは悪を排斥することで手に入るものであると考えている限りは、けっして実現できないものであるということを。

結局、すべては元にある意識の問題だからね。かけている眼鏡が対立という色に染め上げられていたら、そこから対立のない世界を見つけ出すことはできないというわけさ。

正義が正義であるためには、打ち倒すべき悪の存在が必ず必要となる。そういう状態では、仮に敵を全滅させたところで、また新たな敵の存在が必要となってくるのは明らかだ。相対する敵国に打ち勝って、国を統一したのも束の間。今度は、束側と西側、どちらが優れているかで争いが始まる。それが収まっても、今度は身近な社会や人間関係の中で、誰がより優れているかという「優劣ゲーム」による争いが繰り返されていく。

仮にすべての敵がいなくなったとしても、争いは終わらない。だって、対立する相手がいなければ、自分が正しく優れた存在であるという根本の立ち位置が揺らいでしまうから。

心の中で、先ほど述べたように「否定すべき自分」というものを作り出しては、無意識にそれと相対し、避けるようになる。どちらも同じ自分であることには変わらないのにね。それが自己の分断を招き、人生を平和から遠ざける要因となっていることは、もう話した通りだ。

そう、善悪という視点はそれ自体が対立に基づいていて、それは平和や調和といったあり方とは対極にあるものなんだ。でもなぜか、世界では特定の考えを絶対的な善や正義として振りかざし、それ以外を悪として駆逐することで、全体をまとめあげようとする傾向が依然として続いている。

だけど、残念ながらそれはできないことなんだ。対立に基づいた意識の上に対立のない状態を築き上げることはできないし、それに、それがたとえどんなに立派で崇高な考えであったとしても、それも数あるものの見方の一つにすぎない以上、絶対的なものとはなりえないのだから。

「絶対に」正しい考え方や価値観なんて、宇宙に存在しない。その普遍的事実について、ここで見てみよう。

虹色の理

絶対に正しい考え方や価値観なんて存在しない。なぜ、そう言い切れるのかって？　それは、ものごとにはそれを成り立たせるための究極的な原因や理由なんて、存在しないからだ。

ある考えが成り立つ理由を問いかけ、出てきた答えの根拠をさらに突き詰めていこうとすると、それは際限なく続き、結局は最終的な答えには辿り着かない（無限遡行）。仮にすべての究極原因となるような答えがあったとしても、さらにそれがなぜそうなるのかを問い詰めれば、やはりそこに答えはないことになる。それ以上の答えがないからこその、究極原因だからだ。いずれにせよ、答えは「ある」か

「ない」かのどちらかであり、そのどちらであったとしても、行き着く先は「ない」となる。それが、絶対的に正しい思想や価値観はないということの論証だ。

こうして分かるのは、世界には決められた意味や価値基準というものはないってこと。これこそが一番正しくて価値のある考えっていうものは、存在しないんだ。だから君は、誰かの主張に自分を明け渡す必要なんて一切ない。

ここで、究極的な意味づけが存在しないということは、すべてのものは無意味だということではないよ。無意味というのも、無意味という一つの意味づけにすぎないからね。そうではなくて、そこには無限の意味が成り立つ余地があるということなんだ。答えがないということは、同時にありとあらゆるすべてのものが答えとなりうる、ということでもある。君という存在の尊厳が打ち立てられる立脚点は、ここにある。

あらゆる色の中で、赤という色こそが、もっとも正しく価値のある色だとは言いきれない。今見たように、それも一つの見方であり価値観にすぎない以上は、絶対的な考えとはなりえないからだ。同じ色彩として存在する以上、相手を否定することは、結局は我が身をも否定することにつながってしまう。どれかの色を否定する理屈が成立するなら、同じように自身の色合いも否定する理屈が成り立ってしまうということに他ならないからだ。もし赤が素晴らしいというのならば、それと同じように、青だって、緑だって素晴らしいんだ。それぞれの好みの違いこそあれ、存在として、同じ「色合い」として、そこに優劣なんてないんだよ。

君は他に打ち勝って、自らの存在の正当性を証明する必要なんてない。君という色彩の完全性は、宇宙の理によってすでに立証されているんだ。それ以上に求められるべきものなんて、他に何があるだろう！

根本的な気づき

さあ、特定の思想で他を排斥しようとすることが、いかに無意味か分かったかな。白がどうしても正しいというのなら、それと同じように、黒だって正しいんだ。それぞれの理由においてね。白い眼鏡をかけていたら、世界が白く見えるのは当然のこと。同じく、黒い眼鏡をかけていたら世界は黒く見える。それで世界が白いか黒いかで争ったって決着なんてつくはずがないよね。だって、どちらも正しいんだから。世界から争いがなくならない根本の理由は、ここにある。

結局、生命の尊厳からもたらされる「内なる平和」から隔たれていると、自分という存在そのものに満たされることができなくなり、その不安を解消するために正しさや優劣といったものに必要以上にこだわるようになる。他に打ち勝って、己の正しさや存在価値を証明しない限り、まるで自分がこの世界に存在してはいけないような根源的な不安に襲われる。そして相手を言い負かし、他よりも優れている自分という存在の正当性を打ち立てることに必死になるんだ。

でも今見たように、どんなに権威あるところから導き出された、どんなに立派な主張であったとしても、それも一つの見方にすぎない以上絶対のものとはなりえないから、どれほど言い争ったところで、結局は決着をつけることができない。

そこで、今度は武力を持ち出して相手を攻撃しようとするわけだけれど、仮にそれで相手を屈服させられたとしても、やっぱり本当の解決には結びつかない。なぜなら、それは単に武力が相手を上回っていたというだけの話であって、力の強さと己の正しさとは、何の関係もない事柄だからだ。

いや、「力こそ正義」という自分たちの主張の正しさが証明された、という人もいるかもしれないけれど、残念ながらそれも叶わない。なぜなら、「力こそ正義」

という主張それ自体は、やはり一つの考え方にすぎないわけだから、その考え自体の正しさを、考えること以外のものを以て証明することなんてできないわけなんだ。戦争を治めるために、強大な軍事力なんて必要ない。力を求めたところで、相手もそれに対抗しようとして、さらなる戦火の渦が巻き起こされるだけのこと。誰かを糾弾することは、対立を深めこそすれ、何の解決ももたらさないんだ。

本当に必要なことは、至ってシンプル。ただ「気づく」だけでいいんだ。仮に力で相手を屈服させたところで、何の解決にもならないことにね。自分が行っていることの無意味さに気づけば、誰が何をするまでもなく自ら進んで武器を手放す。それだけのことなんだ。

他と争って、自己の正しさや優位性を証明することなんてできないし、する必要さえない。元から与えられている、すべての存在のかけがえのない尊厳に気づいたとき。世界は対立を捨て、新しい歴史を歩むことになる。

人生と手をつなぐ

これは何も外の世界に限った話ではなく、何より一人ひとりの人生において大切なことだといえる。もし君の人生から平和や充足感、満たされた気持ちが失われているとすれば、その原因は君自身の内にないか、見つめてみよう。

善悪という観念の下に何かを裁いていることが、その大きな要因となってしまっていることに気がつくはずだ。その対象となっているのは他人かもしれないし、何かの出来事かもしれない。あるいは自分自身かもしれないけれど……。いずれにせよ、何かに対して許せない気持ちがあると、とても安らかにしてはいられなくなる。

現に今ある生をそのままに受け入れることができなくなり、結果、本来一番求めているはずの幸せな状態から自分自身を遠ざけてしまうことになってしまうんだ。

でも、すでに起こったことを変えることなんてできないよね。すべてのものごとは複雑な因果の中で織りなされている。そこで起こった何かを、自分を含めて特定の誰かだけのせいにすることなんてできない。世界がどのように展開しているかは世界の側の問題であって、君自身の問題ではない。だから、そのことに関していつまでも思い煩う必要はないんだ。

君は常に、今、この瞬間に存在している君以外の何者でもない。過去のことはすべて記憶の中にあるだけで、現に今ここに存在している君自身に対して、何も直接的な力を持っているわけではないんだ。その今にある自分以外のものと対立して苦しんでいると、何より大切な、リアルな自分自身の幸せを大きく見失ってしまう。それはむしろ、君自身の生にとって最大の損失となってしまうのではないかな。幸せになるために必要なのは、まさに今幸せを感じる気持ちであって、苦しむことではないのだから。

君が君自身を過去に縛りつけない限り、過去が君を縛りつけることはない。実際に存在しているのは、常に目の前にある今だけ。だから君は、自分を幸せから遠ざける幻想に、いつまでも留まっている必要はないんだ。いつでも君は自由になれるし、いや、いつだって君は自由そのもの。そのことに気づけば、重いと思っていた君の中の想いは、軽くやわらかな羽に変わる。

世界を超えた自由へ

それでも、なかなか過去に起こったことを手放せずに、苦しい思いをしているという人は多いかもしれない。

まあ、手放せなければ手放さなくたっていいのだけれど。だって、手放さなければいけないっていうのも、一つの価値観にすぎないわけだからね。どうしてもできないなら、できなくてもいいんだ。そういう自分だからこそ、できることだってあるのだから。

だから深刻に捉えなくていいし、身構えなくていい。ここで伝えているのは、そういった深刻さからこそ、脱却すること。過去を手放したいのならそうすればいいし、それができなくて苦しいのであれば、「手放さなきゃ」っていう思い込み自体を手放してみる。そうして心軽く飛び立てれば、地べたに這いつくばっていた頃には見えなかったことだって、きっと見えてくるようになる。見渡す限り広大な、世界全体の姿がね。

究極的には正しいものなんてないっていう話はしたよね。何かを受け入れることができないのは、そこに「こうあるべき」というジャッジを持ち込んでいるからだ。君が君なりの正しい考えやものの見方を持っているのは立派なことだけれど、でも実際にすべてがその通りでなければいけない決まりなんて、実はどこにも存在しないんだ。そのないものを頭の中でこしらえて、さも絶対的なルールのように懸命に握りしめていると、生きることがとても辛くなってしまう。現実との埋まらない軋轢を生んでしまうからだ。

仮に君が望んだ通りの展開になっていたとしても、それが本当に最善だったのかは誰にも分からない。もっと大きな落とし穴があって、これならやっぱりこうならない方がよかった、なんて後になって思う場面が出てくるのかもしれない。

あらゆるものごとは、因果の流れに即して、ただそのように起こっているだけ。そこにあるのは「そうである」という事実だけ。そこに善いも悪いも存在せず、そうしたすべてを呑み込んで、現れては消え去っていく。ただ、それだけのことなんだ。

その厳然たる、不変的な事実を見つめること。それが常に移り変わるこの世界で、決して変わらない普遍的な視点を君に与えてくれる。そうして君が世界の内にありながら、世界を超えた自由を手にすることができたとき。何ものにも左右されない、君だけの、君本来の生を歩むことができるようになるんだ。

繰り返しになるけれど、世界に究極的な理由や意味なんてものはない。もしあるとすれば、それは決まりきったものではなく、望むように自らが想い描いていけるものとしてある。君は、君自身が一番幸せに輝くことができる「意味」を、世界と君自身に与えていけるということ。その心の自由を手にすることが、人生に彩りを与え、幸せに生きるための最大の秘訣そのものなんだ。

「幸せ」という本当の自由

自分自身の内に変わらずある平和を呼び戻すこと。それが、君の生に輝くような自由を与えてくれる。一般には、羽目をはずして思いっきり無茶をしたり、周りの人間や出来事を思い通りに支配したりすることが自由だと思われているけれど、それは抑圧の反動として現れているものにすぎない。依然として、周囲のものに自分を支配されている状態であることに変わりはないんだ。

「自らに由る」と書いて「自由」。相手や環境がどうあれ、自分が望む自らのあり方を自分自身で決めていけること。それこそが、自由の本質にあるものだ。周囲に起こった出来事や世の価値観念、自分自身の感情にさえ振り回されることなく、自分が一番素晴らしいと思える選択をすること。それが真の自由なんだよ。

そして、常に求めるものは幸せである以上。いつでもどこでも、幸せでいられること。「一番好きな自分」でいられること。それが本当に自由な状態であるということ。

抑圧の反動としての奔放さではなく、「一番好きな自分でいられる」という本当の自由を、一人ひとりの生に取り戻していくこと。それがこれからの時代に、強く求められていることだと思う。

一元性の輝き

自分自身の内に輝く、最も素晴らしい想い。それを体現して生きることが、真の自由であると言った。僕たちは身の回りの何かに自分を振り回され、そこに自らの幸・不幸を重ね合わせてしまいがちだけれど……でもそれは自分以外のものに人生を支配されてしまっている状態にすぎない。

周りがどうあれ、いつだって幸せな自分でいられること、一番好きな自分でいられること。それが他の条件に縛られず、もっとも求めている己を生きる、真に自由なあり方に他ならないわけだね。

そして実は、これこそが「善」の本質に他ならないんだ。善については、人生の充実感に大きく関わるテーマとして、先ほどから取り上げてきたけれど……。

あれ、善悪なんて本当はないんじゃなかったの？　と君は不思議に思うかもね。半分正解で、半分間違いだ。ここから善悪に対する、さらなる考察に入っていこう。

まず、本来は善いも悪いもない、というのは本当だ。だって、すべてのものごとはただ「あるがまま」に、「あるようにある」だけなのだから。そこにあるのは、「そうである」という事実だけ。そこに元来決められた意味や価値というものは存在しない、というのはこれまでに見てきた通りだ。

一方で、善悪というものがまるでないわけではないんだ。ただし、それはものごとの中にあるのではなくて、それを規定する人々の心の内にのみあるものだということ。何か善いものが世界のどこかにあるのではなくて、その何かをして善きものとする、僕たちの心の中にこそ宿るものだということ。言い換えれば、何か善いものごとがあるのではなくて、その何かを善いもの（あるいは悪いもの）として意味づけしようとする意志があるだけ、ということなんだ。

至極シンプルなようだけれど、これが善の正体だ。それは決められているものではなくて、自発的に見出していくものなんだよ。世界の内に秘められた善き可能性、素晴らしさってものをね。だからそれは本当の自由と深く結びつくものでもあるんだ。だって自由とは、自らが感じる最も素晴らしい可能性を顕していくことだから。

価値基準としての「善」。それは昔から「真・善・美」とも言われたりする。つまり、正しい、善い、美しい。この自らの内に輝く理想、価値理念そのものに殉じることが、自身の最高の可能性を生きるということであり、善なる生き方、自由なあり方そのものに他ならないわけだね。

有史以来、何千年もの間、人類は「善とは何か」を探し求めてきた。絶対的に正しく、すべての人々の規範となるような答えってやつをね。でも、依然としてそれは見つかっていない。それもそのはずだよね。これまで述べてきた通り、絶対的に正しい答えなんて存在しないのだから。外の世界ではなく、自分自身の内なる世界を見渡すこと。そこに、一人の人間の、そして人類の、最高の可能性が息づいている。

奥なる真実に寄り添う

自由と善の同一性についての話だった。

自分自身の本当の気持ちに殉じることとは、あえていうなら先ほどの三つの善なる理念の内、「真」に示されるということができる。絶対的に正しいものはなく、各々の正しさがあるだけって言ったけれど、つまり「正しく生きる」とは、自らの心が示す真実を生きるということであり、それは自己の最高の想いを実現していく、本当の自由そのものなんだ。

何やら堅い話になってきたように思われるかもしれない。ようは、君自身の本当の気持ちを大切にして、自由に伸び伸びと一番好きな自分でいられることが、人生を最も輝かせる秘訣であるということ。それが「幸せ」という最高善へ至る道であるということなんだ。そしてそのように生きるためには、君自身があらゆるくびきから解き放たれていなければならない。自分以外のものに振り回されていたら、自身の本当の気持ちを大事にすることなんてできなくなってしまうからね。

でも……自分以外のものに振り回される必要はないといっても、時には周りを考慮し、合わせる必要だってあるのでは？　と疑問に思う人もいるかもしれない。

うん、そうだね。だから、君がそう思うのならそうすればいいんだ。自由とは周りに縛られないことだけど、それは周りを一切省みてはいけない、ということではないよ。何にせよ、してはいけない、というのならそれは自由とは言えないからね。「私は自由なのだから、周りには一切縛られない。何であれ、誰かのいうことには決して従わない」というのなら、今度は「周りに縛られない」という考えに縛られてしまっているにすぎないんだ。何も自由な状態ではないんだよ。

だから、君は君の思う通りにすればいい。周りのいうことに合わせるのが一番だと思う場合はそうすればいいし、そうでないと思うならそうしなければいいだけ。唯一問われるのは、それで本当に自分を好きでいられるか、胸を張って自分自身にYes！　といえるか、ということだけなんだよ。分かるかな？

たとえば、誰かにプレゼントとして洋服を贈ってあげるとするね。その際に、私は何ものにも縛られない。だから相手の服の好みや身体のサイズさえ気にかけない。自分が気に入ったものだけを選ぼう、なんてなったらどうなる？

単なる嫌がらせだよね。サイズの合わないものを選んだりしたら、相手に服を贈ること自体の意味自体がなくなってしまう。だからべつに周りのことを考慮しない、ということではないんだ。

一方で、相手に縛られない、と言ったのはどういうことかというと。この場合、たとえば相手に意地悪をされたから変な服を選んでやろう、ということではないってことなんだ。プレゼントを贈る場合においては、相手がもっとも喜ぶものを選ぶことが最善である以上、相手がどうあれ、自分にできる精一杯のものを贈ってあげればいいわけだね。

これは「お人好し」になれということではないよ。あえて厳しく接すべきと思うならそうすればいいし、それは君が君自身のハートにおいて決めることだ。ただ、その人が他人にどう振る舞うかはその人の自由であって、それはその人自身の問題であるということ。そんな相手に対してどう振る舞うべきか。それこそが自分自身の問題なのだから。

相手の言動やそれにより引き起こされた自身の感情にさえ左右されずに、その時々の状況において、自らが感じる最も素晴らしい可能性を選択すること。それが他の一切に支配されない状態であり、自らの心の真実に殉じるということ、自分の心が思い描く本当の自由を生きるということに他ならないんだよ。

結果を超えるもの

その選択により、最終的にどういう結果が引き起こされるのか。君は心配しなくていい。君にできることは、その時々において自分にできる最善を尽くすことだけ。それを相手がどう捉え、どのように実が結ばれていくかは先方の問題であって、君自身の問題ではない。その行動の本当の値打ちは、君が君自身の真実を生きたという事実それ自体によって測られるのであって、結果によって測られるのではないのだから。

相手が喜んだとしても、それが本当にその人のために役立つものかなんて誰にも分からないし、逆だってそうだ。仮に相手が傷ついたとしても、その辛い経験が、本人の内面的な成長を促す大切なきっかけとなるのかもしれない。いずれにせよ、君にできることは君なりの精一杯のものを行うことだけ。結果は全体からやってくる。それを支配することなんて誰にもできないんだ。

自身の領分でないことと対立することは、君自身の生から平和を奪い、自由をも侵害してしまうと言ったよね。そして実際には、何度もいうように、ものごと自体によいも悪いもない。それをどう意味づけし、活かしていくかは完全に当人次第なんだ。

だから、後のことは天にお任せして、君は君であればいい。

君が君自身を生きることが、世界において君がなすべき最高の答えそのものなのだから。

心に翼を

特定の結果や成果を得ることにこだわるのは、裏に生に対する不信があるからだ。最初に述べたように、分離意識による不安を抱いていると、人は世界と自分自身に満たされることができなくなり、特定の価値観念の下に周りを支配しようとする。そして必要以上に、その価値観に適う結果を出すことを自身に（あるいは周囲の人たちに）課そうとするんだ。

でもそれは一見して世のため人のためにしていることのようであって、実はその裏には、その行為を通じて自らの存在意義を獲得しようとする目的が隠されていて、他者も、そして自分自身も、それを達成するための道具として扱ってしまうことに他ならないんだ。そうなると、苦しくなる。それぞれの素の尊厳を認められていないわけだからね。

でもそんな無理をする必要は一切ない、ということはこれまでに見てきた通りだ。生命の尊厳、自分が存在することの本当の価値は、自分が自分としてあることそれ自体に拠るのであって、他の何かによって規定されるものではないのだから。そのことに気づいて自分自身に満たされると、何か善行を積んだり、特別に価値あるものを手にすることで自らの存在意義を確立していく必要性自体がなくなる。

その上でなお「したい」と思えることがあったなら。それこそが自らの心が本当に望んでいるもので、それを行うことが自由となるわけだけれど。

それは、そうしないといけないからではなくて、単に自分がそうしたいからするという、とてもシンプルな行動原理になるんだ。だから「すべき」と思っても、周りがそういうからではなくて、それがよいことだとされるからでもなくて、ただ自分がそうすべきと思うからそうするだけ。

正しさという幻想ではなく、心のうずきから訪れる自由を根拠にしているので、相手がそれをどう受け取るかにもこだわらない。それは相手の自由なのだから、それも尊重することができるようになる。行為それ自体が目的となるので、結果というものにさえ縛られなくなるんだ。

そうなると、生きることがとても軽やかで喜びに満ちたものとなって、人生が鮮やかな色彩を帯びてくるようになる。自他ともに解き放つ、真の意味で善なる、自由な生がそこに開かれてくるんだ。もし、そうした人生を歩みたいのであれば、まず君は自分という存在の素晴らしさを認めてあげることが必要だ。

「好き」という答え

だから、己の真実を生きるといっても、何か模範となるような答えがあって、それを遂行しなければならないというものではないんだ。どうしても、何か崇高な、絶対的に「正しい」選択をしなければいけないと錯覚してしまいがちだけれど……。

繰り返すけれど、そんなものは存在しない。あえていうなら、生命の叡智が示す正しい答えは、君のハートのうずきによって表される。つまり、君自身の心が安らいだり、心地よく感じたり、ワクワクときめいたりする方向。自分が自分自身に対してYes！　と言えるあり方。そこに生命の真実が示されているってことなんだ。

自身の生命の尊厳を、真なる自己の自由を生きるようになると、人生の立脚点がガラリと変わる。正しさの幻想性については既に述べたけれど、それに代わる個々の正しさとして、「楽しさ」や「好き」といった気持ちが、各自の行動を意味づける何よりの基準となるんだ。

絶対的に正しいものなんて存在しないけど、でもそれぞれが好きなものならあるよね。一人ひとりのハートが照らし出す個性ある色彩、それが生命の響きとして、世界を美しく彩っていくことになるんだ。そうなると、生きることがとても楽しくなってくる。

それはそうだよね。だって、人生というものすべてが、自分が本当に好きなこと、素晴らしいと思うことを体感していくための素敵な場となるのだから。

このハートが感じる「好き」という気持ちを大切にすること。それが人生を自分らしく輝かせるために、とても大切なことなんだ。もし人生が色褪せて見えるとしたら、君が君自身の本当の気持ちをないがしろにしてしまっているからかもしれない。

この機会に、改めて見つめてみよう。自分は自分の心の声にどれだけ耳を傾けてあげられているかどうかを。そしてできるだけ、そこに寄り添ってみてほしいんだ。

何もいきなり大げさなことをしなくてもいいんだよ。身の周りに、自分の好きな色合いやデザインのものを増やしてみたり、好きな音楽を聴いて、そこに描かれた世界に想いを馳せたり。自分の趣味や好きなことに打ちこむ時間を増やして、そこにもっと情熱を注いでもいい。そんな、自分がいいと感じる瞬間に、今よりもっと目を向けて大切に味わってみればいいんだ。

君は最近、空を見上げたことはある？　同じ空でも、時間によって、あるいは季節によってその色合いは移り変わり、どれも完璧なまでに美しい。空だけ見ても、そんな偉大な大自然の芸術に触れることができるんだ。

そうした世界の、日常の中にある楽しさや美しさに目を向けていくこと。それが積み重なることで、小さな幸せはより大きなものへと変わっていく。そうして生きることに対し、世界に対して心開くことができたなら。世界もまた君に対して自らを開いてくれるはずだ。そこにはきっと、これまで気づくことのできなかった、美しい色彩が描かれていることだろうね。

一人ひとりを輝かせる社会

「真」なる生き方、一人ひとりが自らの内なる真実に殉じるという、本当の意味での自由なあり方について述べた。

でも、各々が自身の至誠なる想いを表現した結果、それでもなお諍いごとが生じた場合はどうするの、という疑問が出てくるかと思う。絶対的に正しいものはなく、それぞれがそれぞれに是とされるのであれば、限定的な見地からどちらか一方を切り捨てることなんてできない。とはいっても、集団で生活している以上、争いごとをそのまま放置させておくわけにもいかない……。

そうだね。そこで次の「善」という理念が必要になってくるんだ。

「善」とは、善し悪しを決めて一方を裁断することではなく、ものごとの善き側面に光を当てて引き出していくことだと言った。つまり、各々の主張を尊重し、その上でそれぞれの可能性がより活きるよう図っていくことが、善き社会の実現のために求められることとなるんだ。

仮に諍いごとが起こったとしても、一方的な視点から各々の正否を決めつけ裁断するのではなく、問題や悩みの奥にある本質を見極め、問題に関わったすべての人が、より幸せな未来へ向けて一歩を踏み出せるよう手を携え、ともに考えて歩くこと。それこそが社会秩序を築き上げていく上で、求められる姿勢であるということ。

多様な人々が生活している中においては、様々なせめぎあいが生じるし、それ自体をなくしていくことはできないだろうね。その際に、分離意識による不安や欠乏の影が意識の奥底にあると、自らの抱く主義信条に反する事柄を受け入れることができなくなって、相手に対して許せない気持ちが湧き起こってくる。それがあたかも自己の存在意義に関わる重要な問題として認識されるからだ。

けれども生命とのつながりを取り戻し、自分自身に満たされていくと、その生命の顕れである自身の思いを大切にした上で、それと異なる相手の考えだって尊重することができるようになる。自分と異なるその相手だって、同じくその生命の顕れであることに何の違いもないからだ。

自らの尊厳を取り戻し、自分自身に満たされていれば、自分の考えと反しているからといって、他の誰かの存在を否定する必要もなくなる。意見が対立することがあったとしても、それはただ世界の流れの中で担っている個性や役割が違うだけのこと。相手の存在を否定することなく、その役柄に敬意を払いながら、その上でそれぞれが自分のするべきことに専念することができるようになるんだ。

そうしてお互いを尊重し、その上で現れる相克ならば、それは争いの火種ではなく、より高い次元の調和へと互いを止揚させていくために必要な、さらなる発展へのよすがなんだよ。双方ともに活きる道を模索していく中で、それまでになかった新しい可能性を世界に芽生えさせていくことができるということ。

赤と青でせめぎ合っていただけでは、そこからは何も生まれない。でもその二つが組み合わさることで、そこには「紫」という新しい価値が生まれ、そこに連なるさらなる可能性を未来に創り出していけるようになる。それこそが、真の意味での世の繁栄発展につながっていくんだ。

もちろん、相反する意見をすべて完全に融和させていくことはできないかもしれない。でも、それはそれでいいんだ。それが現実に実現できるかどうかは、単に世の〝物理的な〟制限によるものであって、誰のせいでもない。一番大切なのは、どんなに奇抜に見える主張であっても、そこに相手にとっての真実があるならば、それを尊重し、理解し、寄り添おうとする気持ちなのだから。

善意あるまなざし。それが一つひとつの想いに宿る、素晴らしい善の可能性を育んでいく。

凍てついた心を溶かすもの

「いや、それでも法律による取り締まりは必要だと思います。実際、私が外に置き忘れた財布を盗まれて困っているときも、警察の人が犯人を捕まえて取り戻してくれたし……」。そう主張する人もいるかもしれない。

うん。べつに困っている人を助ける必要がないと言っているわけではないんだ。そうではなくて、逆に困っている人を助けられないのが問題なんだよ。

君は財布を置き忘れて盗まれたけれど、警察が解決してくれて難を逃れることができた。でもたとえば、もし法律で外に財布を置き忘れた場合は自己責任だから、誰かが盗んでも処罰できないものとする、なんて決まった場合はどうなる？　警察の人は助けてくれない。それどころか、もしお金をなくしたら、貴重な社会財産の管理を怠った罪に問うなんて法ができようものなら、今度は一転して君が追われる身となる。どうしてそうなるのかというと、彼らはあくまで「法」を守っているのであって、君を守っているわけではないからだ。

でも、そういう問題ではないよね？　法律がどう言おうと、君が困っていることには何の変わりもないのだから。等しく、手は差し伸べられるべきではないかな。そしてそれが分かるなら、財布を盗んだ人も、同じように救われなければならないのは分かるね？　その人は、生活に困っていたのかもしれないし、勉強や仕事のストレスからそうしてしまったのかもしれない。いずれにしても何かしらの悩みや苦しみを抱えていて、そこから逃れる方法すら得られなかったために、行為に及んでしまったのだろうから。

苦しんでいる人に対して必要なのは、硬くて冷たい鞭ではないよね。その苦しみを癒してあげる、優しくてあたたかな抱擁だ。そこで本当に必要とされるのは、対話であり、相手の心の傷を包み込んであげる共感と理解なんだ。そしてそんな苦しみ自体を世界からなくしていくこと。そこにおいて、責めることはさらなる対立と歪みを深めるだけ。何の解決ももたらさないんだよ。

どんなものごとの背後にも、然るべき因果の流れがある。そこに目を向けず、誰かに責をなすりつけて当人を闇に葬ったところで、別の時に別の場所で、同じような事件が延々と繰り返されていくだけのこと。何も根本的な改善には結びつかないんだ。裁くことで解決する問題というものはない。

唯一、その人を裁けるものがあったとしたら……、それができるのはその人自身しかいない。つまり、自身の奥深くに流れる生命の叡智、自らの本心だけなんだよ。そもそも守らないと罰せられるからそれに従う、というのは単に自己保身であって、その行為は善とすらいえない。法に拠らず、社会に拠らず、ただ自らの良心によって、「心の真実」によって己が行動を選び取ったとき――そのとき初めて、その行為は「善」という尊厳を帯びるんだ。

ものごとを善悪に分かつ二元性に基づいた善ではなく、すべての内に秘められた善の可能性を見つめ、それを開花させていこうとするあり方。そこに善悪による裁断という二元性の善を超えた、「一元性の善」が顕れていく。

涙から微笑みへ

そうは言っても中には、特に倫理的な側面において、明確な悪というものを設定し、それを憎む心を持つことは人として大事なことではないか、と考える人だっているだろうね。

それも否定はしない。けれど、「悪」って何だろう。それがいわゆる「闇」と言われるネガティブな心だったとして。何が本当に「悪を憎む」ことになるのだろうか。

憎しみに対して憎しみを返していたら、その負の連鎖はいつまでたっても収束することはないよね。そんなことをしていたら、それこそ闇の思うツボなんだ。負に取り込まれた勢力を、際限なく増幅させていくだけなのだから。それはむしろ闇の側に加担する行為に他ならず、相手と同じ過ちを繰り返しているだけなんだよ。

憎しみに対して徳をもって返す。哀しみに対して微笑みを向けてあげる。それがまた本当の意味で、「悪を憎む」ということなんだ。

暗闇の中にさえキラリと光る星の輝きを見つけることができたなら、その冷たい暗黒は、光の温かさと明るさを際立たせるためにあった、それさえもまばゆい生命からの贈りものであったことに気づくことができる。

すでに起こった出来事自体を変えることはできない以上、僕たちにできることはその経験をいかに意味づけ、これからにつなげていくかということだけ。

たとえそれが悲惨なものであったとしても、いやだからこそそうしなければ、それこそすべては無駄に終わってしまう。その出来事を単に〝可哀想なこと〟で終わらせないためにも、またさらなる負のスパイラルへの〝言い訳〟としないためにも、今こそ、その中にさえ生命の流れの中におけるかけがえのない意義を照らし出そうとする、「善」への意志が必要な時ではないだろうか。

闇と拮抗するのではなく、その闇さえも輝かせようとする意識。そこに至高の光としての「善」が顕れる。

後章　新しいあり方へ

存在の尊厳に満たされる

各々の抱く理念に宿る「真」。そしてそれらを紡ぎ、調和させていく「善」。自らの心が想い描く最高の自由を生きるには、一人ひとりが自身の生命の尊厳を思い出すことが不可欠だ。自分という存在の完全性に基づく「内なる平和」を取り戻せば、外の世界に答えを探す必要がなくなり、正邪、善悪を超えた「美」という視点から世界を観じることができる。

外の世界に寄り掛かることのできる何かを求めようとするのは、自身と人生に対して不信感を抱いていることの裏返しに他ならず、自らが生きる上での価値を外部に投影することで、自分と世界とのつながりを保とうとするわけだね。けれども自分の内に世界があれば、そんな必要さえなくなる。

世界は自分の存在価値を証明するための踏み台ではなくなり、すでに素晴らしい「自分」という存在を表現するための壮大なステージとなる。美しい彩りに溢れた世界の中で、自らの「美学」に基づいた華を咲かせることが、生の目的そのものとなるんだ。

いずれにしても、現代の閉塞感の根底にあるのは「分離意識」だ。

広大な世界から自分自身が切り離されているという幻想を抱いていると、そこから生への不信や欠乏の思いが生じ、そうした奥底の不安の声を自らの本心であると錯覚して、そこに人生を翻弄されてしまう。単にそれが周囲との軋轢を生むからいけないわけではない。何より、自分自身の本当の心を違えてしまうわけだから、君本来の輝きが損なわれてしまうということ。そうなると、常にどこかで満たされない思いを抱えることとなり、拭い去れない息苦しさが人生に色濃く影を落とすようになる。

その埋め合わせとなるものをどこかに探し出そうとして、必要以上に人に認められることや誰かとのつながり、愛情を欲するようになる。そして一生をそこに支配されてしまうんだ。それは一見して他者との素晴らしい絆を大切にしているようで、実は自分しか見えておらず、結果はどうあれ根底に欠乏を抱えていることには変わりないから、根本的な飢えと渇きは癒されない。

だから君は、まず君自身を人生に取り戻さないといけない。そうして、何ものにも侵せない、自分自身の本当の尊厳を思い出すことができたとき。何かの代替物ではない、一つひとつの存在の素晴らしさ、かけがえのなさが見えてくる。

世界に輝くような美しさが蘇り、人生にみずみずしい生命の光が透過されていく。

愛という名の渇望

愛は本来、最高の幸せを人にもたらしてくれるものだ。けれど根底に不安を抱え、自分自身に満たされていないと、人はそこから逃れるために愛を求め、しがみつくようになってしまう。他者に対して、自分をどれだけ大事にしてくれるか、あるいは自分の期待に応えてくれるかといった望みを要求するようになり、お互いにとって、とても狭く重苦しいものとして感じられてしまうようになるんだ。

それは相手を大切に思うからというよりは、自分の中の不安や淋しさを埋め合わせる手段としての誰かを求めているにすぎないからだ。そうなると、それは自分の中の生命の豊かさの表現ではなくなり、代わりに不安や欠乏の投影されたものとなるため、口では愛していると言いながらも、その相手が自分の要望を満たしてくれないとなると、途端に不満が噴出してしまう。自分はこんなに愛しているのにどうして分かってくれないのかと相手を責めるようになり、自他ともに苦悩の渦中に閉じ込めてしまうんだ。

でも本当は、愛が人を悩ませることはない。それは相手の中に素晴らしさを見出していくことであり、ただ惜しみない価値をそこに与えていく「一元性の善」そのものだから。

人は本来、誰かの所有物ではない。一つの立派な生命の顕れとして存在していて、誰かのモノとして存在しているのではないんだ。それは友人、恋人、家族など親しい間柄であっても同様だ。

その厳然たる事実を忘れ、欠乏の思いから相手を自己の一部のように捉えることでこれらの苦しみは生じている。それは自分のようにその人を大切に思っているのではなく、自分を満たすためのある意味〝道具〟として相手を捉えているということに他ならないんだ。

自らの生命の尊厳に触れたとき、他の生命にも同じ美しさを見るようになる。たとえ子どもであっても、その存在に畏敬の念を持たざるを得なくなるんだ。

自他ともに解き放ち、活かしていく本当の愛は、まずお互いの存在の尊さを見つめることから始まる。

豊かさを生きるためには

　このように、自分の心が抱いている本質の部分と向き合っていくことは、より充実して満たされた生を取り戻すにあたってとても重要なことだ。知らず知らずの内に投影された欠乏の影に自らの愛を重ね合わせ、いつまでたっても報われない幻を追いかけ続けるはめとなってしまうのだから。

　愛情と並び、大きく人生の欠乏感を満たすために強く求められているものとして、現代では豊かさが挙げられると思う。これに関しても同様に、まずは自分自身に満たされることが、豊かさを人生にもたらす一番の秘訣となるんだ。

　一般に、お金を稼いで、溢れんばかりの品々に囲まれて生活することが豊かさだとされているけれど、それも実は単に自己不信や欠乏意識の裏返しにすぎない場合が多々ある。

近年、自己実現として、豊かな成功を手に入れるための「引き寄せの法則」なるものが、世界的に注目を浴びている。「思いは実現する」ということをメインコンセプトに、ポジティブ・シンキングなどで自らの考え方をコントロールして人生に富や成功を引き寄せようとする手法だ。

この方法を日夜学び、実践している人は世界中に数多くいることだろう。でも、これも生命への不信や欠乏を意識の根底に据えている限りは、けっして実りあるものとはならないことをここで伝えておきたいと思う。

そもそも思いが実現するというのであれば、もっとも根底の部分にある本心、それがすべての根幹、人生のベースとして顕現されてくることになる。そこが不安や欠乏に染め上げられていたら、そこから立ち現れてくるものもまた不安や欠乏に彩られたものとなることは必至だ。

世界中の多くの人々が日々実践を試みながらもなかなか上手にいかないとすれば、ここに根本的な原因があるといえる。ネガティブなことを避け、無理にでもポジティブな考え方をしようとすること自体が、すでに怖れに起因しているネガティブな行動であることには違いない。そのような意識である限り、結局はネガティブ性に彩られた人生から抜け出すことはできないというわけだ。

考えてみよう。たとえばある会社で社長に昇進することを目指すとする。仮に「引き寄せの法則」をみんなが懸命に実践したところで、全員が社長になれるわけではないよね。だって、社長になれるのは一人だけなんだから。

結局はその中で、実際に実現できた人とそうでない人の差が生まれてくることになる。「引き寄せの法則」が浸透したとして、今度はそれをいかに有効に使いこなせるかどうかの競争が始まるだけであるということ。それはみんなが成功するための万能の方法とはなりえないいんだ。

結局これはツールにすぎず、それを用いる僕たちの意識自体を変えていかない限りは、本当の意味で一人ひとりが成功を掴み、win-winの関係を築き上げていくことはできない。つまり、自己の外部に成功や豊かさを求める意識自体を変えていかない限りは、人類は比較競争による「奪い合い」の世界から抜け出すことはできないということなんだ。

元にある自分自身に満たされること。それのみが人生に豊かさと幸せを与えてくれる。けっして「引き寄せの法則」が誤っているというつもりはない。欠乏に基づけば欠乏に根づいた人生が現れ、豊かさに基づけば、それが「豊かさ」の表現であるがゆえに、豊かさに満ち溢れた人生が現れる。これはこの上なく「引き寄せの法則」に適っている。

必要以上にモノを求め、貯め込もうとする姿勢は、豊かであるどころか、貧乏根性そのもののように見える。溢れんばかりの財産を貪らなければ豊かさや幸せを感じられない人と、それらがなくても十分幸せに生きることができる人。いったいどちらが、本当の意味で豊かに満たされた人であるということができるだろうか。

自己実現の秘訣

誤解のないように言っておくけど、これは「清貧」を美徳とせよ、といった押しつけの教義ではないよ。そうではなくて、物質の多寡で「豊かさ」を測ることはできないという指摘だ。

スピリチュアルではよく「お金儲けは物質至上主義である。しかし我々の本質は魂にありその精神にある。よってモノを求めようとする生活からは離れなければならない」といった教義を目にする。でもこれもまた、物質的な視点を基準に人のあり方を見定めようとする考えなんだ。

なるほど、たしかに僕たちの本質は魂にあり精神性にあるといえるのかもしれない。けれど、その精神性というものが手にしているお金やモノの量によって測られるというならば、それはまた逆の意味で「物質至上主義」に陥っていることに他ならないんだ。精神の高さはその人の意識のあり方、心の気高さによって測られるのであって、手にしている物質の量によって測られるのではない。

だから、別にほしいなら望んで構わないんだよ。そういう欲求が出てくるということは、それがその人にとって必要だからであり、それもまた生命による計らいなのだから。

欲求自体を悪しきものとして浄化しようという流れも根強く精神世界にはあるけれど、それもまた一つの価値観にすぎない。生きる上で欲求が出てくるのは自然なことだし、それを無理になくそうとすることは、それ自体がすでに不自然な一つの欲求であるといえる。何が何でも執着をなくそうということ自体、一つの執着に他ならず、何かを頑なに否定しようとすることは、それ自体がそれに囚われていることの裏返しに他ならないんだ。

欲しいと思うなら、それが自分にとって必要なのだから求めることは何も悪いことではない。問題は、それが「本当に」自分にとって必要なものなのか、というところにある。自分自身の純粋な表現として求めているのか、それとも自己への不信感や欠乏を埋めるために求めているのか。

たとえば装飾品でも、純粋にそれが好きだから望んでいるのか、それとも周りへのステータスになるからという理由で欲しているのか。前者ではそれそのものが目的となっているけれど、後者ではべつにそれ自体が求められているわけではないよね。その品物も、そして自分自身も、他の何かのための道具として見なされている。「自分が本当に望んでいるものは何か」。今という時は、その吟味が問われている時であるといえるだろう。これまでの怖れと欠乏に基づく奪い合いの世界を生きたいのか、それとも〝生命〟の豊かさから訪れる潤沢な世界を生きたいのか。僕たちはまさにその岐路に立っているということができる。

豊かさを外から得ることはできない。できるのはただ「豊かである」ことのみ。

真の「豊かさ」とは何なのか。それを改めて問うことが、現代の閉塞感を乗り越えていくために必要なことではないだろうか。

幸せになるのではなく、幸せから始める。同じ「自己実現」をするならば、「欠乏を抱えた自分」ではなく、「満ち足りた自分」をこそ実現していく。それが人生をより実りあるものにしていくための秘訣だ。

生命を目的とする社会へ

現代社会においては、あらゆる分野で成果主義による厳しい競争が繰り広げられ、他を出し抜き、常に勝ち進んでいくことが要求される。勉強にしろ、仕事にしろ、自分が本当にそうしたいから行っているというよりは、そうしなければならないから行っているだけ。そんな生活を長く続けていると、心身ともに疲れ果て、生きることがとても辛くなってしまう。そうした中で、いつのまにか自分自身の本当の気持ちを見失ってしまう人はとても多い。でもこの本を読んだ君ならば、その根本の原因となっているものに光を当て、自由を取り戻し、自身の本来の生へ向けて歩んでいくことができるのではないかと思う。

もちろん、勉学や労働に励むことを強要し、成果主義を推し進めることによって、世にさらなる繁栄をもたらすことができるという大義名分はあるだろう。けれど、そういう考え方では、結局は充実した社会を築き上げることなんてできないんだ。なぜなら、そこでは人が何かのための道具としてみなされてしまっているから。それが世の発展のためであれ、平和のためであれ、そのためにどれだけ役に立ったかどうかで人の価値を判断しようとするならば、それは人を道具として扱っているのと変わらない。

何かのための道具ではなく、一人ひとりを「目的」としてみなしたとき、そのとき初めて、その社会は生命の尊厳を帯びたものとなる。そうなってこそ、各々の生命の豊かさと情熱を体現した、真の繁栄を築くことができるんだ。

どんな社会だって、そこに生きる一人ひとりの人間によって成り立っているものであることには変わりない。その「人」そのものを大事にしない限りは、本当の意味で実りある社会を築き上げることなんてできないんだ。

ハートの輝きを生きる

いや、仕事をすることは自己実現でもあり、人の尊厳に関わる重要な問題である。それは大いに奨励されるべき事柄ではないか。そう主張する人もいるだろうね。

たしかにその通りではあるのだけれど、でも何が本当の「仕事」や「自己実現」になるのだろうか、という話なんだ。本当はやりたくないのに無理に行わなくてはならないのだとしたら、それは自己実現どころか、単なる強制労働にすぎないよね。

またどうして、そこに「お金を稼ぐ」ことが入り込んでくるのだろう。「働く」ことと「お金を稼ぐ」ことって、本来何の関係もない事柄だ。それがいつのまにか、働かないとお金を得られず、生きていくことができないというふうに問題がすり替わってしまっている。それって、生活や命までも人質にして、人々を無理矢理使役しているだけのことにすぎない。文字通り、人を道具化してしまっている状態だ。

どうして生きていくのが苦しいかって、奴隷として生かされていれば苦しいのは当たり前だよね。多くの社会において、皆がこのシステムに隷属している。このことに関して薄々疑問を持ちながらも、明確に気がついている人はまだ少数で、大多数の人が、生きるために深く考える間もないほどに忙殺させられているのが実情だ。

結局ここにも、「生存（あるいは快適な生活）は他を蹴落として勝ち取るもの」という欠乏と怖れの意識による「奪い合い」の世界ができ上がってしまっている。

一部の人が利する一方で、心身のバランスを欠くほど懸命に頑張っている人達が満足した生活さえ送れない状態が現実となってしまっているわけだ。そしてその一部の「勝者」の人たちでさえ、同じく人生の根底を欠乏の意識に支配されている状態であることには変わりない。

生命は道具ではなく、それはそれ自体が「目的」そのものだ。このことに気がつき宣言していくことで、僕たちは今の世界を変えていくことができる。

もちろん、世の中を循環させていくために、各自が己の役割をまっとうしていくことは大いに望まれることだと思う。でも、その役割って何だろうか。すべてが森羅万象を司る大いなる叡智の顕れとして存在しているのであれば、その意図に則った自らの役割をまっとうしていくこと。それが本当の意味で、その人が世界において担うべき仕事、天命になるのではないだろうか。一人ひとりが自らの心の真実に、ハートの情熱に従って生きること。それ以上に尊い仕事、その人が世界と人生においてやるべきことがどこにあるというのだろう。

生きるために、あるいは家族を養うためには無理をしてでも働いて、お金を稼がなくてはならない。そんな決まりは宇宙のどこにも存在しないし、ただ僕たちがそう思い込んでいるだけのことにすぎない。その思い込みから自由になれば、世界はもっと自由になる。

命を育むということ

一人ひとりが自らの尊厳に基づいた「自分らしさ」を世界に花開かせていくこと。それが個性ある生命の情熱を人生にほとばしらせ、世に豊饒なる恵みをもたらす、その人にとっての真の仕事、天命となっていく。そうしてみると、一人ひとりがそのように自らを発揮できるように計らっていくことが、本来の教育であり、社会のあり方ということになる。

でも実際には、設けられた一定の枠組みの中に、人々を矯正するために行われてしまっているのが現状だ。それは生命への不信に基づいているが故に、結局は一人ひとりを真に活かすものとはならないことは前に述べたけれど、人の生長を促すのに外部から無理強いできるものは何もなく、それは必要などころかその人本来のあり方を歪めてしまうことにさえなりうる。

特定の思考や生き方を強制し、矯正することで一見して秩序のようなものを作り出し、そこからはみ出す者がいようものなら、人生の落伍者、落ちこぼれとして切り捨てようとするのが社会のあり方だけれど、生命からこぼれ落ちている人なんて世界に一人もいないんだ。もし「落伍者」として認定される人がいたとしたら、問題はその人ではなく、そこに生命の新しい可能性を見出すことができなかった僕たちの狭い了見の方にある。

植物が育つために光や水、栄養をあげることは必要だ。時には支柱を打ち立てることだって必要かもしれない。でもそれは倒れそうな茎を支えてあげるためのものであって、その存在を意のままに操るためのものではないし、そもそもそんなことできないよね。

みんながまっすぐ上に伸びているからといって、弧を描いて伸びるはずの植物を無理にまっすぐ伸ばそうものなら、その繊維はズタズタに切り裂かれてしまう。それでは本来の美しい花を咲かせられるはずもない。その人の人生を育むのは他者ではなく、あくまで本人の奥にある生命だ。それを信じて見守ること。そのあたたかいまなざしが、命と向き合う上で、今求められていることだと思う。

植物の種子の中には、その後の生長に必要となるすべての要素が備わっている。それは不完全なものが完全になるのではなく、元から完全なものがその完全性を顕していく、文字通り「開花」なんだ。

それは人間だって同じこと。不完全な子どもを完全なものに仕立て上げていくのではなく、元から完全な生命が、その完全性をそれぞれ唯一無二の、その意味で絶対的な個性を通して表現していく。そのための手助けをしていくことが、本来の教育であり、僕たちに求められるあり方と言えるのではないだろうか。本来秘められた本人の能力をともに見出し、磨き上げていくことが教育なのであって、それは外部からその人の可能性や優劣を決めつけていくものではないはずだ。

大切なのは、他と競争をさせることよりも、むしろ居場所を与えてあげることだ。誰かが作った枠組みに無理矢理はめ込んで、決められた地位を勝ち取らせるのではなく、その人が一番自分らしく輝ける居場所を見出すことで、自らを活かすことのできる土壌を造り上げること。そうした中で、本人が必要としている栄養素、知識や経験を身につけさせていくこと。自身で望んで身につけた知識は、自らの血肉となって、生きる上でのかけがえのない財産となっていく。

でもそういうと、それでは我慢強さや忍耐力が身につかないのではないかといった心配も出てくるかもしれない。だけど「忍耐力」って何だろう。

たとえば自らを鍛えようとする武道家が、忍耐力を上げるために山で滝に打たれたいところだが、あえてそうせずに、本当はしたくないけれど、家でゴロゴロしていよう、とは思わないよね。

自らが掲げる理想に向けて、自身に打ち克ちたゆまず精進していくことが忍耐なのであって、そもそもやりたくもないことを無理に続けることを以て忍耐とは言わないんだ。それはむしろ、自分が人生において真に向き合うべきことから目を逸らし続ける、後ろ向きなあり方であるとさえいえる。

また、それでは自己満足の人生で終わってしまう。就職にしろ、お金にしろ、他人より優れた成果を獲得してこそ、より充実した価値ある生を歩むことができる。人生はそんなに甘いものではない、という声も上がるかもしれない。

うん、だからこそなんだ。他人よりいい学校に通って、いい会社に入って、より多くの富を手にすればいい。それこそ人生はそんなに甘いものではないはずだ。どんなに富や名誉を得られようが、人は最後の最後には、裸一貫の〝素〟の自分をもって、自身の人生に向き合わなければいけないのだから。

そのときに、何の肩書きも通用しなければ、家族さえ力になってくれない。最終的に人が対峙するのは、自らの心の奥にある真実のみ。そのときに後悔しないよう生きることが、本当の意味で、自分自身の生を大切に生きる、ということではないかな。

自己満足って、何やらよくない言葉のように聞こえるけど、とんでもない。たとえ世界一になれたとしても、自分の心が納得しなければ納得しない。それははるか彼方を仰ぎ見るような、とても気高く尊い道なんだよ。

他との比較によって優劣を決めることはできないと言った。自らの生命の豊かさを生きるようになると、他者との勝敗を競う以上に、自分らしさを極めることが何よりも目指されるものとなる。つまりあらゆる分野において「自分自身の輝きを魅せる」ことが第一の目標になるんだ。

たとえばスポーツにおいて、ＭＶＰや金メダリストになれるのはそれぞれの大会において一人だけだけど、歴史を見渡せばたくさんいるよね。でも「自分」になれるのは世界で、そして史上においてただ一人だけだ。その自分という道を、自らの誇りに賭けて、妥協なく歩んでいく。自らの心を満たすというのは、本当の意味で、果てしなく途轍もないことなんだよ。

いや自己満足なんてダメだ、自分よりも他者のことを優先するべきだ、という意見だってあるかもしれない。けれどそれだって、そういう自分自身の考えを自分で実行しているにすぎないという点で、同じく自己満足であることには変わらない。そしてそれが本当に他者の役に立っているかなんて、誰にも分からないんだ。

君にできるのは、自らの心の真実と向き合い、自分にできる最善を尽くすことだけ。そうして紡がれる一人ひとりの真実の色合いが、七色に輝く、生命の彩り溢れる世界の実現に結びついていく。

新しい選択

これまでの社会のあり方が間違っているというのではないよ。何であれ、絶対的に正しいものなんて存在しないし、自分たちだけが正しいとして相手を糾弾することは、さらなる対立と諍いを深めるだけ、というのは話した通りだ。そこにあるのは、正しいか正しくないかの問題ではなくて、どういう社会を生きていきたいか、という選択の問題なんだよ。

人を歯車として、生産手段としてみなす社会に住みたいのであれば、これまで通りのあり方でよいと思う。でももし、もっと一人ひとりの生命の尊厳に基づいた社会に生きていきたいというのであれば……僕たちは自分自身の力を取り戻していく必要がある、ということなんだ。

そうした新しい社会を創り上げていくために必要なのは、世を覆すほどの軍事力ではない。単に力をもって社会を覆したところで、今度はその革命の中枢メンバーが新たな社会の実権を握っていくだけ。権力者がすり替るだけで、何も根本的な変革には結びつかない。

あるいは新たな法の整備や経済政策でもない。その時々に応じて、適切な社会システムというものは出来上がっていくだろうけれど、それはあくまで〝映し鏡〟として現れてくるものであって、それ自体が答えを与えてくれるものではないんだ。

なぜかというと、まず法があり、経済があり、文化があるのではなくて、まず「理念」があり、その下に法や経済や文化があるからだ。つまり、第一に僕たちがどういう社会を創りあげたいかという想いがあって、社会のあり方というのは、それに応じて自由に形作っていけるものだということ。一番大切なのは、土台にある意識なんだ。だからこの本では、一人ひとりの意識、心のありようと向き合うことをテーマにしている。

社会を変えるために特別な力なんて必要ないし、もっというと、社会を変えていこうとする必要さえないんだ。結局、すべては元となる意識の問題だからね。そこが変われば、その投影先も自ずと変わらざるをえなくなるというわけさ。

世界から切り離されているという錯覚に基づく自己不信、それが終わりなき欠乏ゲームの、現代社会が陥っている閉塞感の根っこにあるものだと言った。だから、そこに目を向けて、その思い込みから目覚めていくこと。それこそが真に求められるものなんだ。

自分自身を何かのための道具として扱うことをやめること。道を選ぶ際には、怖れからではなく、喜びから選択すること。一人ひとりが社会に根づく幻想性に気づき、自己本来の尊厳と自由を取り戻していけば、自然と社会のあり方も変わっていく。

ピラミッド社会を支えているのは、上層にいる一部の権力者たちではない。土台にいる「その他大勢」の人たちだ。もしそこが自分たちの本来の力に目覚め、各々の道へ向けて歩き始めたなら、それは簡単に瓦解してしまう。その程度のものなんだ。必要なのは、一人ひとりが自らを縛り上げる幻想性に気づくことだけ。そのことを一人でも多くの人に伝えていくこと。それだけで社会はガラリと変わっていく。

至善なる力

各々が人生の主権を取り戻し、自身の道を歩むようになれば、社会も一人ひとりの生の尊厳をより一層反映したものとなる。そこに住まう一人ひとりが、自由に自らの生を謳歌しまっとうすることのできるような、笑顔溢れる、より自然な世界が展開されていく。

しかし自然というならば、動物たちは厳しい弱肉強食の世界に生きている。厳しい競争社会で淘汰を図っていくことは、それもまた進化、繁栄を目的とする自然のあり方に適っていると言えるのではないか、という意見だってあると思う。

たしかにそれも一理あるのだけれど、一つ言えることは、「自然に生きる」ということは、必ずしも動物たちの真似事をすればいいわけではないということ。人間に彼らにはない理性を与えられているということは、それを存分に活用して、各々が最大限に幸福に生きられる社会を築き上げていきなさい、という自然からの要請ではないだろうか。

それに、さらなる発展を遂げるために、互いが争い鎬を削っていく必要はないんだ。それは単に怖れに基づく発想にすぎない。本当に各々が自らの持ち場に立って内なる自由を生きるようになれば、淘汰されるからではなくて、何より自分自身の矜持ゆえに、さらなる向上を求めるようになる。お金のためでなく、何のためでもなく、職人がただひたすらに己の道を極めんと腕を磨き続けるように、自分自身が生の目的そのものとなったとき、人は最高の情熱を発揮する。それがまた真の意味での、世の中の発展繁栄に寄与していくのではないかと思う。

大宇宙を織りなす叡智の深遠なる目的、それを僕たちは理解できないし、絶対的に正しいものなんて存在しないと言ったけれど、あえていうならば、この各々の生命の情熱に則った生をまっとうすること。それこそが真の意味で、調和と繁栄へ向かう全体の流れと一致した、正しい生き方というものにつながるのではないだろうか。

もし人生において信仰すべきものがあるとしたら、この宇宙自然を統べるところの大いなる生命の叡智、それを信じ仰ぎ見るということが、その最たるもののはずだ。そもそも自分という存在の生それ自体、この大いなる力によって成り立っている以上、そこを否定したら何も始まらない。

宗教的な信仰と違うのは、自然は声を発して何かを強制したりしないこと。大きくは宇宙の生成から、小さくは人の心の機微まで、あらゆるところに遍くありながらも、自らは何も発することなく、すべてをただ在らしめ、包み込み、活かし育んでいる。そうした大いなる叡智とつながって生きるには、謙虚かつ真摯にその声なき声に耳を傾けていくしかない。自らの内に宿りたる叡智の息吹、心の真実を羅針盤として——。

生命の交響曲

大いなる生命の叡智とつながるといっても、それは従来の宗教やイデオロギーのように、特定の思想や価値観をもって人々をコントロールするものではないんだ。むしろ本当の自由へ向けて、一人ひとりを解き放つものであるということ。だって、叡智の示すことイコール自らの心が本当に望むこと。そして生命とはとりもなおさず、君自身のことなのだから。

この本では、根底にある分離意識という幻想から目覚めていくことを伝えている。でもそれは、みんなが同じ世界の一員なのだから、足並みを揃えて仲よくしなければいけない、という月並みなお説教ではないんだ。

スピリチュアルにおいて、「ワンネス（全一性）」という言葉がある。つまり「すべては一つ」ということで、そこからみんなで手をつなぎ、仲よく協力しよう、といった呼びかけが広くなされたりするのだけれど。

これは一見して美しい標語ではあるのだけど、実はその裏にも不安の意識が隠されていることがよくあるんだ。仲よくしようという意識の奥には、仲よくできないことへの怖れがあって、実際に和を乱そうとする人が現れると相手を非難するようになる。でもそれはむしろ「全一性」から隔たれた意識であり、一定の理念を達成するための歯車として人を見なす行為に他ならないんだ。

本当に世界とのつながりを実感していれば、何か崇高な理念の元に人々を束縛していく必要さえなくなる。どうあっても、深いところではすべてがつながっていることが分かるからだ。それは等しく生命の顕れであり、すべての他者は別バージョンの自分自身にすぎない。

仮にみんなの輪から離れる人がいたとしても、それもまた一つの意味ある尊いあり方として受け入れることができるようになる。そこにおいて、非難されるべき人なんて一人もいないんだ。それは許しでさえなく、そもそも許す必要自体がないということ。本人にとって唯一問われるものがあるとすれば、それが自らの心の真実に本当に適っているか、自分自身の選択に本当に満足しているかどうか、ということだけ。

すべては大いなる生命が描き出す壮大な脚本による出来事であることが分かれば、その物語そのものを超えた視点においては、すべての存在が等しく讃えられていることが分かる。そこにあるのは、善悪やそれに対する許しでさえなく、ただ「慈しみ」のまなざしのみ。そうした地平の先に開けてくるのが「あるがまま」の世界だ。生命の奥には、ただすべてを包み込み、育もうとする、慈愛の海のごとき想いだけがある。

だから、君は君のままで在ればいい。みんなと一緒にいたい時はそうすればいいし、一人でいたいならばそうすればいい。傍から見ると、非協力的で自分勝手なあり方に見えるかもしれないけれど、それは別に君が冷たいからそうなのではなくて、単に今はそうあることが必要であり最善だからそうなっているだけの話。そのことで、自身を責め悩む必要は一切ないんだ。

今、全体の中で、自分はどうあるべきなのか。それを決めるのは、君自身のハートに息づく大いなる叡智なのだから。頭の中の限定的な思考でその是非を決めつけることなんて、誰にもできないことなんだよ。

たしかに、みんな一律に同じあり方をしていれば、一見して調和しているように見えるかもしれない。同じ楽器で、同じ音色を鳴らしていたら、そこには確かにズレはなくなる。でもそれってそもそも「調和（ハーモニー）」と呼べるだろうか。

さまざまな楽器が集い、それぞれが個性ある音色を出し、各々の旋律を奏で上げていく。その中にこそ、大いなるハーモニーが生まれるのであって、その個性の違いを削って〝調律〟していくことは、そもそも調和とすらいえないものだ。時には不協和な音が、その他の音のつながりを際立たせ、全体の美しさにさらなる深みを与えることだってあるのだから。

僕たちは一人ひとりが、この「宇宙」という壮大な生命の交響曲を奏でる一員だ。それぞれに唯一無二の美しい音色を宿した、尊くかけがえのない楽器なんだよ。

音楽は、楽器の中にある空洞を息が駆け抜けることで鳴り響く。君が君自身の内を翔ける生命の息吹とただともにあるとき。自らのハートの響きとともにあるとき――。君は自分という存在が、奏でられた生命の旋律をはるか世界に響き渡らせる、美しい「空」であるということに気づくだろう。

世界と響きあう

感じてごらん。自分の内側に広がる世界を。

身体の中では、無数の細胞たちが、常に休むことなく活動を続けている。生きるために必要なこと。肺の呼吸にしても、心臓の鼓動にしても、僕たちは自分で意識して行っているわけではないよね。３６５日休むことなく、君が眠っているときだって、彼らは働き続けてくれている。それこそ愚痴ひとつこぼさずに。命を維持するのに必要な活動を、身体中のあらゆる器官が毎日毎時間毎秒休まず担い続けてくれている。だからこそ、僕たちはこうして安心して生きていることができるわけだね。

外界を認識する際にも、最新技術でもなしえないような高度な感覚機能を有する器官を、僕たちは初めから搭載している。内面的な精神活動においても、そこにはとても繊細かつ膨大な情報が展開、処理されていて、たとえば夢を見ることには無意識裡に潜在的なストレスを緩和させる働きがあるように、その内では大変緻密かつ巧妙なバランスが働いていることが分かる。

本書で取り上げた、考えることにしたって、感じることにしたって、その能力を用いること自体、どうしてできるんだろう。すべて初めから持ち合わせているものだよね。そうして不思議といつのまにか与えられているそれら無数の働きが、すべて有機的につながることによって、初めて君という一個の存在ができ上がっているんだ。どうしてそれが可能となるのか、その理由もまったく分からないままにね。

そう考えれば、自分が生きて存在しているということが、どれほど凄くて信じがたいことなのか、改めて切実に感じられるのではないかな。「自分を感じる」ということは、自らを成り立たせている生命の営みを感じるということであり、そのありえなさに想いを馳せるということなんだ。

どうだい、自分という存在の不思議さ、尊さが見えてきたかな。自分自身を成り立たせる生命の営みに、共感とねぎらいの気持ちをもって寄り添うことは、自分という存在のベースに立ち還っていくために、とても有意義なことではないかな。

焦らなくていい。ゆっくり、感じてみたらいいよ。落ち着いてきたら、今度は自分の外側の世界に感覚を拡げてみよう。

外には何があるだろう。そこには限りない世界が広がっているね。街並み、山々、どこまでも続く大地、さらにその向こうには大海原、そして他の国々がある。そこからさらに突っ切って、その世界をも超えていくと、そこにあるのはもはや宇宙。はてしない銀河が、悠然とそこには広がっている。悠久の時を超えてあり続けるその姿を見上げて、ちっぽけな自分とは対照的な壮大なありように畏敬の念を覚えたことは、誰しも一度はあるはずだ。

ここで感じてみてほしい。その銀河って、いったいどこにあるのかを。それは僕たちの日常とは遠くかけ離れたところにあって、はてしない神秘そのものとして、はるか彼方のまるで別次元な空間に存在しているように思えるけれど。

でもよくよく見つめてみると、まさに今ここ、自分のいるこの場所こそが、その銀河の真っただ中であることを思い出すはずだ。その銀河の神秘的なエーテル（精気）が、辺り一帯に満ちているさまを、静かに、ゆっくりと感じてみよう。周囲の空間全体に、存在するすべてのものに、静謐なる銀河の力が行き渡り、浸透している様子を、静かに、深く感じてみる。そうすれば君という存在は、宇宙から切り離されているのではなくて、それどころかその一部として、立派な一つの顕れとして存在していることに気づかされるはずだ。

どうしてそのように存在するかも分からない、はるか彼方に仰ぎ見る果てしない宇宙の神秘は、今まさに君自身の中に息づいている。何をせずとも、君はその存在そのものが、銀河の結晶であり、「存在の奇跡」そのものなんだよ。君が君としてあることの奇跡、そのかけがえのなさを、どうか大切にしてほしい。

どうだったかな。自己の内にも外にも流れている生命の臨在を感じとる、というワークだった。

君という存在は、この大宇宙大自然を織りなす大いなる叡智の顕れそのものであるということ。それを少しでも感じ、思い出してもらえたなら、この試みは大成功だ。これからも折に触れて、自分という存在の、自分が自分として存在していることそれ自体の奇跡、素晴らしさを胸に想い描いてほしいと思う。

＊＊＊

さて大分急ぎ足ではあったけれど、本書では自分という存在の尊厳、完全性を取り戻すことをテーマに話を続けてきた。大雑把な文章だったかもしれないけど、何かしら心に残るものを受け取ってもらうことはできただろうか。

でも、まだ重要な問題が手づかずのまま残されている。それも、この本のテーマの核となるような大事な事柄なんだけれど――、何だと思う？

それはまさに、その「自分」についてだ。

君自身の生の、すべての基点であり起点となる自分。人生に自分自身を取り戻すことをテーマとしながらも、その肝心要の「自分」についてはあまり取り上げて来なかったね。

その大切な存在についてより深く知るために。「自分」とは何か。この極めて根源的な問いについて、最後に改めて取り上げてみよう。

結章

自分という神秘へ

「自分」という存在の秘密

君は普段、自分自身をどのように捉えているだろうか。

みんな大体、自分とはこういう名前や肩書きで呼ばれるもので、こういう姿かたちをしていて、こういう性格や能力を有している。それが自分だ、というふうに思っているよね。でも、はたしてそれらは本当に君自身だと言えるのだろうか。

たとえば名前や肩書きにしても、改名や立場の変化により変わることはあるけれど、それにより君という存在まで入れ替わってしまうわけではないよね。名前がどうあれ、君が同じ君であることには変わりがない。ということは、それらは正確には君そのものではない、ということになる。当たり前なことだけどね。

同様に、容姿や身体といった外面的なものや、性格や能力など内面的なものだってそう。それらは年月や経験とともに移り変わっていくものだけれど、それに伴い君という存在そのものまで移り去ってしまうわけではないから、それらもまた厳密には君自身ではないということになる。

このようにしていくと、日頃僕たちが考えているイメージの中に自分を見出すことは、どうやら本当にはできないことが見えてくる。どうしてそうなるかというと、君という存在はあくまで「主体」であって、「客体」ではないからなんだ。

「主体」というのは、何かを認識したり体験している当の本人を示し、一方、「客体」というのはその認識や体験の対象となっているものを示す。君という存在は主体だよね。でも先ほど挙げたものはすべて君が体験している〝内容〟であって、つまり客体に属するものだ。よって、それらの中に君自身を見出すことはできないし、仮にそれらがどう移り変わったところで、君が君としてあることに何の影響ももたらさないわけだ。

通常これこそが自分だと思っているものすべて、本当は自分自身ではないんだ。にわかには信じがたいことのように思えるけど、でも実際に自分というものがどこにあるか探してみれば、納得してもらえるだろう。実はどこにも存在していないということが分かるはずだ。

自身にとって、一番身近で確かな存在であるはずの「自分」。でもよく見ればそれは世界のどこにも見つけ出すことができない。でも実際に自分は「今、ここ」に存在している。

これって、よくよく考えればとても不思議なことではないかな。経験し得るあらゆるカタチ、それらの中のどこにも「自分」を見出すことはできず、カタチを超えたカタチなき〝何か〟。そこにこそ真実の「自分」がある。この「何ものでもない」、まるで「無」のようにしか言えないもの。それこそが自己の真の姿なんだ。

スピリチュアルにおいては「空《くう》」と言われることもある。本当の自分は「何ものでもない」ってことでね。そして、この「無」の中には無限のすべてがある。無と無限は等しいんだ。これも不思議なことかもしれないけどね。

たとえば、この世には限りない色彩がある。それらすべてを合わせると、白という完全に色味を持たない色になる。プリズムの実験を思い出してもらえれば分かるかな。すべての存在は相対的に成り立っていて、そこにはそれ特有の性質、境界線がある。けれども同時にすべてであって、あらゆる境界が取り払われたならば、そこにはもはやそれが何であると示す特性が完全に失われる。無属性であるということは、それは同時にすべての属性を合わせ持っているということに他ならないんだ。

完全に無属性な存在としての君は、つまりはそこにすべての要素を合わせ持っているということ。君は「すべて」なんだ。だから、自身の内に喜びの色彩を映し出すこともできれば、哀しい色合いを表現することもできるわけだね。

ただ、その内のどれかのみに君という存在そのものを見出すことはできないということ。それらを超えたところに、君の本質は存在するのだから。なので、特定の性質の中だけに自らの価値を投影し、それを守ろうと必死にもがき苦しむ必要なんて本当は一切ないんだよ。

だからといって、個別的な要素が軽んじられるわけではないけれどね。無と有、空と色は、表裏一体。本当はどちらも尊いものなんだ。

流転する世界に完全に埋没してしまうと、苦しくなる。自らの立ち位置の中に、不変にして普遍的な本質が見失われてしまうからだ。

一方で、スピリチュアルや精神世界のように、空や全一性といった普遍的性質のみにすべての答えを求めようとするのも、また限られた見方なんだ。それも世界の半分にすぎず、一つの制限の中に自らを閉じ込めてしまう。

全一性と個別性。静と動。陰と陽。すべては相対性の元に成り立っていて、本当の世界は両極の調和によってなされる。大切なのは、そのバランスなんだよ。

晴れの日も雨の日も、世界と人生はそれら全部でできていて、どの瞬間も、とびっきりにかけがえのないものなんだ。今ある一瞬一瞬を大切に生きる。それが本当の意味で、「すべてと一つにつながる」ということなんだよ。

永遠の旋律

あらゆる限定を超えた、何ものでもない何か。それが君という存在の本質であることは分かったかな。無限の可能性を秘めた、純粋なるゼロ。それがこの世界における存在者としての、君自身の基底にあるものだ。

さらにいうと、君はその無やゼロでさえもない。無というものもまた、「無い」という一つの体験内容にすぎないからね。君という存在の実体、さらに核なる淵源は、もはや無いということすら言えない深奥なる無そのものなんだ。

有と対をなす相対的な無をも超えたそれは、相対性に基づく全事象の地平を超えた、絶対的な無として挙げることができる。それは完全な〝無形〟であり、「在る」

という無窮なる〝場〟そのもの。そこに君という存在の本質がある。そしてそれは、けっして変化することはない。なぜなら、宇宙で唯一、「在る」ことだけには対となるものが存在しないからだ。

強いて造語を挙げるなら、「在る」の反対は「無《な》る」だけれど、、それは完全に「存在せず」、「無る」という消失作用そのものとして自己をも完全に消し去ることで、翻ってそこにはそれ以外のすべてが残る。「無る」ことと「在る」ことは完全に同じ。君という存在は、絶対性と相対性に基づく存在のすべてであり、そしてそれはまさしく永久不変なものであるということ。

究極の対立と矛盾が綾なす至高の調和。それは宇宙がこうして存在する秘密、根拠そのものともなっている。どうして宇宙は「在る」のか。それは文字通り、「在る」こと以外では「ありえない」からなんだ。

分かるかな。君という存在の秘密は、そのまま宇宙の最奥の神秘と同じなんだよ。

振り返って

少しむずかしかったかな。でも完全には理解できなくても気にしなくていいよ。いずれにせよ、考えて掴めるものはすべて観念にすぎない。つまり、頭の中のイメージにすぎないってこと。

でも「君」という存在はリアリティを伴って、「今、ここ」にこそ存在している。そのリアルな自分自身に対して開けていくこと。それこそが、自らの生と改めてつながっていくために必要なことなんだ。そうすれば世界もまた、生命に溢れたリアルなものとして、君の目前に現れてくる。

さて、まだまだ伝えたいことはあるけれど、また次の機会に改めるとしよう。あまり長くても読みづらくなってしまうからね。僕自身、基本的に読書をしないタイプだから、そういう人の気持もよく分かる。とにかく、この本を通じて君に君という存在のかけがえのなさ、完全性を少しでも思い出してもらえたなら、著者としてとてもうれしく思う。

何度も述べてきたように、人生を覆う薄暗い通奏低音の根底にあるのは、分離意識による生命からの隔絶感だ。それが生に対する不安と虚無感の根本的な原因としてある。逆をいえば、そこさえ満たすことができれば、人生に本来の麗しさと情熱を蘇らせていくことができるということ。

現代人の多くが迷い込んでいる人生の袋小路を脱出し、世界が嵌り込んでいる行き詰まりを打破するためには、一人ひとりが自らの内に息づく生命とのつながりを取り戻すことが何よりも求められることとなる。そうして心の奥底に抱かれた、存在不安ともいうべき思いを少しでも払拭することができたなら。生きることの楽しさ、喜びが次第に人生に蘇ってくることだろう。

とはいえ、それはそうしなければいけないからそうする、というものではない。ハートを生きる、心の真実を生きるというと、あたかもそうすることが人としての正しい生き方であるかのように錯覚してしまいがちだ。

でも言ったように、世界には正しいことも間違っていることも存在しない。その根本的な事実を忘れてしまうと、そのように生きることがいつの間にか義務となり、足枷となって、そうできなかったときに、自分あるいは相手を責めるようになってしまう。それもまた一つの分断を生み、人生との対立を深める要因となる。

自分自身の真実を生きるということは、何より自らの生の充実に関わることなんだ。自身の本当の気持ちを大切にすることができれば、毎日を真の意味で楽しく充実して生きることができるし、自分に嘘をついていれば、そうできなくなる。ただ、それだけのこと。

なので、気負うことなく、少しずつ自分の心との絆を取り戻していけばいい。焦らなくても、求めるものはどこかへ逃げたりしないから大丈夫だ。だって、その向かう先は、結局は同じ自分自身なのだから。

だから、気楽にいこう♪　生きることって、もっと気軽に楽しむことができるものではないかな。だって、すべての現象は「あるがまま」に「ただ存在する」だけなのだから。その真っ白なキャンバスに、どう色づけし、意味づけしていくかは、完全に君次第だ。まるで子どもの遊びのように、ドキドキとワクワクに彩られた壮大な舞台劇。こうした捉え方が、閉塞感に覆われた現代社会と、不安と欠乏に染め上げられた人生に、一条の光を射し込んでくれることだろう。

とはいえ、あんまり気軽だと、今必死になって人生を生きている人にとっては、とてもふざけたことのように思われるかもしれない。人生はそんなに甘いものではない、もっと真剣に生きなければいけない、と。

けれどもそれは真実ではない。第一に、人生がどんなものかを決めるのは、他でもないその人自身だ。「幸せ」になることが人生の目的であるのなら、自身が幸せにあることができるような選択をすることが、他の誰でもない自分の人生を生き切るためには不可欠なことだ。なので、ものごとを深刻に捉えることが好きなのであればもちろんそれは構わないのだけれど、そうでないならば、そういう見方に縛られる必要は一切ないんだ。

それに、これはふざけて言っているわけでもない。もしそう思うなら、「真剣に生きる」ことと「深刻に生きる」ことをはき違えている可能性がある。真剣さはものごとに向き合うまなざしの一途さに宿るのであって、抱いている悲壮観とは何の関係もない。だから真剣に遊ぶ――というのも面白い表現だけど、楽しんでいるから真剣でないということはなく、むしろある意味、遊ぶこと以上に真剣なものはないとさえいえる。なぜなら、そこではその行為が何かのための手段ではなく、それ自体が楽しいという「目的」となっているからだ。

晴れの日も、雨の日も、嵐の日だって、すべてを楽しむことができたなら――まさしくその人生は「無敵」の輝きを放つ。

そうして人生の主権を自分自身に取り戻すことができたとき。君はようやく本来の道を歩み始めることができる。それは世界にたった一つだけの、何ものにも代えがたい価値を秘めた道だ。そうして重なる一つひとつの美しい軌跡が、世界に新しい生命の歴史を紡いでいく。

そうした先にはどんな社会が待っているのだろう。それは「理念社会」だ。簡単にいうと、一人ひとりがお互いのかけがえのないあり方を尊重し、生きるために自らを偽ってまで何かを行う必要がなくなる。その上で人々の夢や志がつながっていく、そんな世界が訪れるということ。人生は自身の心の色合いを思いっきり謳い上げるための場となり、その結果、世界は百花繚乱のごとき美しい生命の色彩に満ち溢れていく。

最近、スピリチュアルの一部を始め、各分野において、少しずつこうした新しい意識への動き、これまでの行き詰まりから脱却し、一人ひとりの生命の平和と豊かさに基づいた新しい社会を実現していこうとする動きが芽生え始めている。人を何かのための歯車として隷属させるのではなく、本当の意味で自由に輝かせようとするその流れは、世界を覆う暗雲を打ち払い、この星の新時代の到来を告げる黎明の光となることだろう。

今は重要な分岐点だ。君はどんな世界に住みたいと思うだろうか。それを決めるのは、他でもない君自身だ。他の誰でもない、君だけの色彩をこれからの人生に思いきり描いていってほしい。

自らに息づくハートの響き、生命の歌声に寄り添いながら、ね。

あとがき

筆者は時々、不思議な夢を見ることがある。とても幻想的なのだけれど、同時にとてもリアルな、不思議な夢。そこにはとても素晴らしい景色や街並みが広がり、あらゆる色彩が活き活きと輝いていて、その場のすべてが非常に美しく感動的なエネルギーに包まれている。

ただ立っているだけで至極の喜びが全身に満ち溢れ、あまりに幸せすぎて起きると目から大粒の涙が溢れ出ているほどだ。そしてそれは時に綺麗な音楽や言の葉として響くこともあり、それらが筆者の曲作りや文筆活動の源泉となっている。

そうして受け取ったメッセージの内容は多岐に渡るけれど、その奥には「存在の奇跡」という極めて美しい至高の理念が流れているように思われる。

本書も同じく、年末に見た強烈な夢がきっかけとなって書かれたものだ。気がつくと書店の中にいた僕は、店頭に山積みになっている本を何気なく手に取った。すると突然ページが目の前に大きく見開かれ、その内容が音声とともに凄まじい勢いで頭の中に直接流れ込んできたのだ。

そこに描かれていたのは、新しい時代への哲学。心の自由と平和、人生の主権を一人ひとりの内に取り戻そうとする、とても優しくて、かつ情熱的な内容に心を打たれた僕は、急遽執筆を開始した。

このように書くと、何やら霊験あらたかな特殊な人物のように思われるかもしれない。しかし、筆者自身は何ら特別な人間ではなく、特定の宗教を信仰しているわけでもないし、特段スピリチュアルに関心があるわけでもない。ただ一人のアーティストとして、あのあまりに美しすぎて卒倒するほどの美の源泉に少しでも近づきたいという思いから、こうして活動を行っている。

いずれにせよ、現代社会を覆う閉塞感を払拭し、一人ひとりにとってより開かれた世界というものを実現していきたいならば、各々が自らの生命の尊厳に基づいた「内なる自由と平和」を取り戻すことが不可欠だ。そうすることで、飽くなき不安や欠乏の影に支配された奪い合いの人生から人々を解き放ち、一人ひとりが真の意味で満たされた生を送ることができるようになる。

どうして自由になることで自らを満たすことができるのか。それは、何かを達成し幸せに満たされた状態というのは、それまで抱えていた問題や悩みから解き放たれた状態と同義であるからだ。外から植えつけられた価値観や観念、何より自分が世界から切り離されているという錯覚から生じる欠乏感から自由になることで、自分自身が本当に望んでいた平和や充足を人生に呼び寄せることができる。

そうして内面が満たされれば、視野が広がり、それまでとは異なった観点からものごとを見つめることができるようになる。起きた出来事を受け入れられず、不平不満の袋小路に陥ってしまうのは幸せに対して近視眼的になり、そこにしか道がないと錯覚してしまうからだ。

けれども自由な眼差しをもって世界を見つめるなら、その出来事もまた生の一部にすぎないことが分かり、より広大な視点の下にそれを位置づけ、意味づけることができるようになる。これが全体の流れと調和した人生の実現につながり、そこから新しい可能性を芽吹かせるための土壌ともなっていく。

不思議なことに、生命とのつながりを取り戻すと、周囲の日常が歯車を合わせて動き出していくのを感じられる。それまで八方塞がりであった局面が、思いもかけず好転していったという声も多いのは、それもまた人智を超えた叡智の計らいによるものだろうか。

そして常に移ろう世界の流れとともにあると、あって当たり前のものなど何一つないことに気づく。

何にせよ、それがあって当たり前だと思い込んでいると、そこに感謝や感動は生まれず、逆にそれがそのようでなくなった時に不満さえ抱くようになる。

でも実際には当たり前なものなど何もないと気づくことで、それぞれの存在の稀有さ、ありえなさ、つまり「有り難さ」が分かり、世界がこうしてあることそれ自体の尊さ、美しさが眼前に開かれていく。それが永遠の流れの中でもたった一度しかない、今というかけがえのない時に、閃くような輝きを与えてくれる。

あることの神秘、生きるということの奇跡のような輝きにもう一度目を向けることが、世界に蔓延する虚無感を打ち払い、人々に生の実感と充実感を取り戻すために必要なことではないだろうか。

最後になってしまったけれど、本書の意義を理解し、刊行に向けご尽力頂いたナチュラルスピリットの今井社長を始め、編集の木下さん、デザイナーの小粥さん、そして日々活動を応援下さっている方々にこの場を借りてお礼申し上げたい。

生命の奥には愛がある。その愛とは「慈しみ」だ。そして「慈しむ」とは「尊ぶ」ということ。世界の根底には、すべてを受容し、活かし、育もうとする静謐かつ清冽な想いが流れている。その美しき心音は、「存在の奇跡」という至高の理念に基づいて、この宇宙に音なき調べを響き渡らせている。

今にあることの輝き。それがさらなる形となって、顕れていくことを祈って――

2016年春　桜舞う清々しい青空の下で

天音優希

著者紹介
天音優希（あまね ゆうき）
ノンデュアリティとしての世界の本質に触れたことをきっかけに、「心の自由と平和、一人ひとりの生命の尊厳を取り戻す」ことをテーマに活動を始める。
人を道具とみなすのではなく、一人ひとりを「目的」とする社会の実現に向けて問いかけている。
著書に『泉の真実』（文芸社）がある。
作曲も行い、「大空へのプレリュード」「天使の黄昏」など、一部の楽曲をYouTubeにて公開中。

ハートへの哲学

●

2016年5月26日　初版発行

著者／天音優希

編集／木下克利

装幀・DTP／小粥 桂

発行者／今井博央希

発行所／株式会社ナチュラルスピリット
〒107-0062 東京都港区南青山5-1-10
南青山第一マンションズ602
TEL 03-6450-5938 FAX 03-6450-5978
E-mail: info@naturalspirit.co.jp
ホームページ http://www.naturalspirit.co.jp/

印刷所／創栄図書印刷株式会社

ISBN978-4-86451-204-6 C0010